"会写作业"的手机

[韩]徐志源 著　[韩]金成姬 绘　高思宇 译

中信出版集团|北京

科学家有话说

机会留给有准备的人！

我的童年时光是在农村度过的，小时候我经常帮大人种地，不仅如此，我还养牛、养羊，养各种家畜。农村生活给了我很多观察大自然的机会，也培养了我对大自然的好奇心。就这样，我自然而然地就拥有了成为一名科学家的梦想。当然了，我也像大家一样，小的时候换过很多个梦想，直到青少年时期，我才确定自己的梦想，并朝着它不断努力，这才有了今天的我。

追梦的人即使身感疲惫也能乐在其中。现在的我也在为了实现梦想不断努力着，每天带着好奇心去思考、去钻研，遇到不懂的内容，我会把那一页打印出来，放在口袋里，一有空就拿出来看一看，直到读懂为止。我从不觉得追梦是一件麻烦事，因为我知道，追梦的过程代表着愉快学习的过程。

想要实现梦想需要保持对新鲜事物的好奇心，需要养成提问的好习惯。举个例子，去科技馆参观的时候，工作人员会给你们讲解很多物理现象，如果有不懂的地方，要提出问题。还要学会自己思考，有的时候书籍、课堂会告诉你答案，在得到答案的那一瞬间，你一定能感受到学习的快乐。每个人的创新能力不是生来就有的，不要忘了，机会总是留给有准备的人。

　　当然了，创新能力需要知识储备做基础。要想踢好足球应该怎么办呢？首先要提高体能。知识储备就相当于提高体能这一环节。只有体能提高上去了，下一步才能更好地练习射门及其他个人技能。要想培养创新能力，首先要储备基础知识，多思考，遇到不会的问题也不要放弃，继续学习知识，努力解决问题。如此循环往复，大家学到的知识会融会在一起，最终凝聚成创新能力。

　　最后，我要对所有向孩子们科学地讲授通信工程学、并给孩子们种下梦想的种子的人们表示真心的感谢。愿小朋友们能够在这本书的帮助下拥有自己的卓越梦想。

李宗昊

韩国首尔大学电气工程学教授

故事大王有话说

现在就做好准备,去改变整个世界!

大家可能不知道,我们手中的这个小小的手机给世界带来了怎样翻天覆地的变化。我们小时候,听音乐得用收音机,看电影要去电影院,看书要去书店或图书馆……短短几年内,手机让这一切都变得无比简单方便,就像魔术道具一样,既可以听音乐、看电影、看动画片、看书、打电话,还能像电脑那样处理工作。现在,手机已经不再是简单的通话工具了,它已经变成了一个完整的系统,代表着人与人之间的联系,给人们带来了全新的体验。

研究、开发、制作手机真的是一件非常非常了不起的事。研发手机不是一件容易的事,但如果你也心中怀揣着通信工程师的梦,那我会告诉你:挑战一下吧,这将会是一次很有价值的尝试。

这本书讲述了一个未来的四次元手机的故事,这种手机现在还没有,但说不定将来就会出现。根据韩国工程学博士朴先生告诉我的知识，我预测了一下智能手机的未来。以后你们也可以当一个工程师，把故事里的四次元智能手机设计出来。我的一个小小的想象也许能激发出更大的可能！

　　小朋友，你们的梦想是什么？从写下这本书的第一句话开始，一直到写完最后一句话，我一直在思考梦想，在思考你们心中的那个炽热的梦想。怎么才能帮助你们实现心中那熠熠生辉的梦想呢？我思来想去，想了很久。

　　每个人都有梦想，但并不是每个人都能实现自己的梦想。要想实现梦想，就要马上开始为实现梦想做准备。你们也拥有改变世界的远大梦想吗？相信自己，未来是你们的。

徐志源

目录

第1章

没有想做的事，也没有想成为的人　1

智能手机是怎样像电脑一样运行程序的呢？

第2章

为什么梦想很重要？　15

手机是怎么诞生的？它是怎么发展到现在的？

第3章

发现自我，发现我的梦想　37

为什么触摸屏只对手指有反应呢？

第 4 章

成为通信工程师的方法 67

什么是手机软件？谁发明了手机软件？

第 5 章

我们是小小通信工程师！ 105

安卓手机和苹果手机有什么不同？

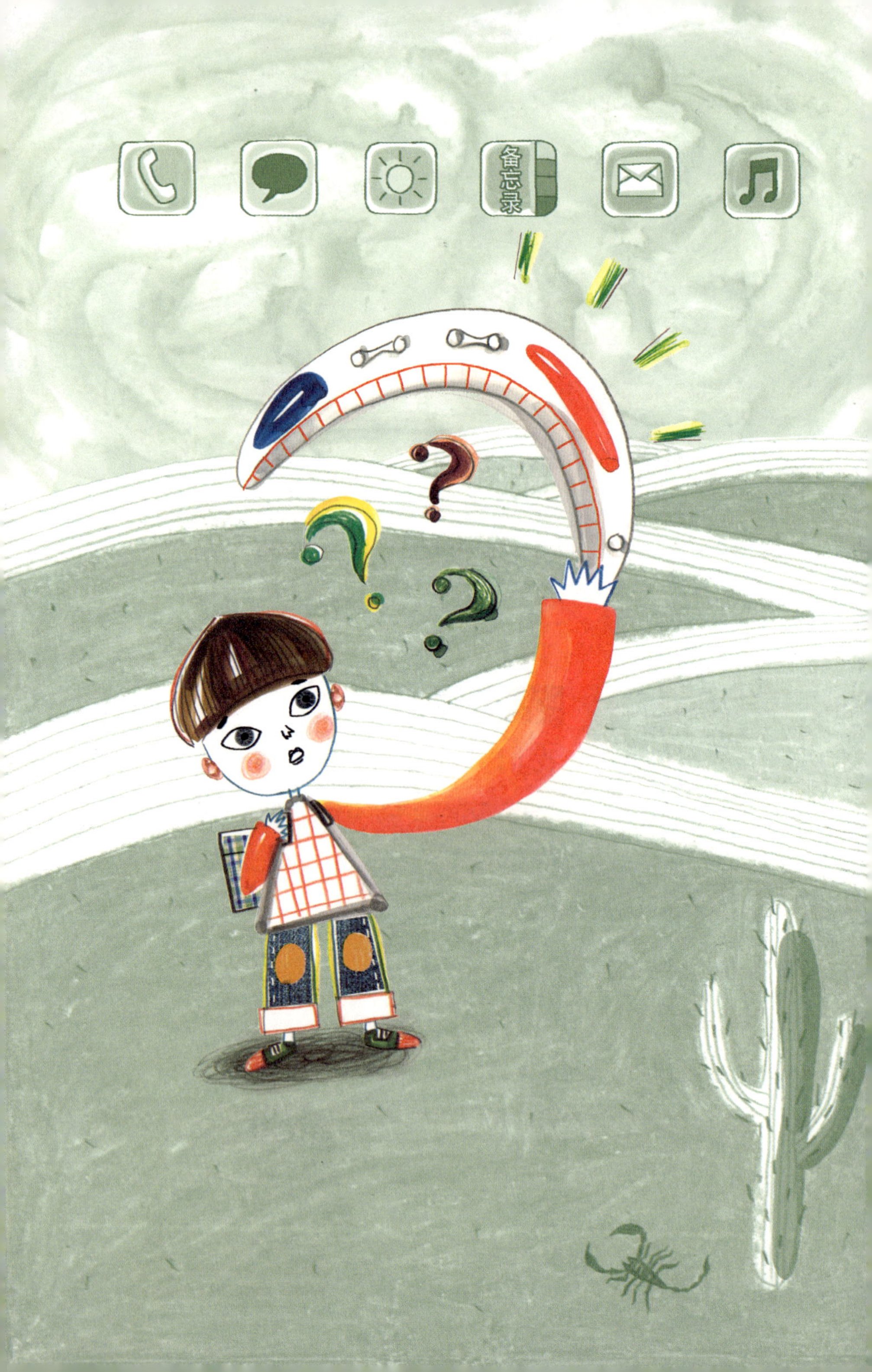
备忘录

第1章

没有想做的事，
也没有想成为的人

　　5岁之前，洪都潭的梦想是成为一只恐龙。他逢人就弯起两只小手，模仿恐龙的爪子，嘴里还发出嗷呜嗷呜的叫声。小都潭看了很多恐龙书，很多连大人都不知道的恐龙名字，他都能如数家珍。大人们都期望小都潭长大后当个恐龙专家，而小都潭的梦想却是成为一只真正的恐龙。

　　6岁的时候，小都潭的梦想就破灭了。因为他知道了一个人不可能成为一只恐龙，也不可能成为秃鹫、老虎还有大象，更不可能成为变形金刚。知道真相的那一天，小都潭心碎了，他哭了很久，把枕头都哭湿了。

小都潭上小学了，班主任问同学们："你们的梦想是什么？"

明哲说想当医生，卉莉说想当歌手，晓真说想当总统。

小都潭听完，哼了一声说道："只有一个梦想多没意思。我将来既要当医生，又要当歌手，还要当总统。只要我想做的，我都可以做到！"

老师一听，愣了一下。

"都潭同学，虽然有很多梦想不是件坏事，但是你能实现这所有的梦想吗？"

"当然了，因为我的梦想是成为魔法师。等我成了魔法师，一念咒语，就可以实现一切。"

洪总统

"哈哈哈，这个嘛……"老师露出了为难的表情。

那天，小都潭又明白了一件事——人也不能把成为魔法师当作梦想。

老师说魔法师只是大人们在童话书中创造出来的人物。小都潭气得涨红了脸，他决定以后再也不相信童话作家了！回家后，他把魔法帽、魔法杖、有魔法师的童话书通通扔到了窗外。

"唉，没有一个值得信任的人。"小都潭托着腮，叹了口气。

小区里的小伙伴们把他丢掉的魔法帽、魔法杖、童话书都捡走了，看到这一场景，小都潭的泪水在眼眶里打转，但是他忍住了，没有哭出来。因为他觉得，自己都是小学生了，不能再随随便便哭鼻子了。

就这样，小都潭的梦想又破灭了。

不知不觉，小都潭已经三年级了。

开学第一天，班主任又问："你们的梦想是什么？"

小都潭心想："老师为什么总是对我们的梦想这么感兴趣呢？难道老师要替我们实现梦想吗？"

这次，明哲说想当歌手，卉莉说想当总统，晓真说想当医生。同学们的梦想就像偷偷做过了交换。

"都潭同学，你的梦想是什么？"

"我没有梦想。我既没有想做的事，也没有想成为的人……"

"啊……"

老师露出遗憾的表情。

"不管怎样,都应该拥有一个梦想,不是吗?对小孩子来说最重要的就是梦想了。梦想是我们前行的目标呀。"

"嗯……那……那我考虑一下。但是您也不要抱太大的希望,因为我已经不再相信童话作家了……"小都潭把铅笔夹在嘴巴和鼻子之间,用手指转动着铅笔一头回答道。

"老师真的很希望你能找到自己的梦想,然后自豪地把它说出来。"

"嗯……我也不知道能不能找到自己的梦想,都说了您不要抱太大希望……"

最后,老师给了小都潭一周的时间去寻找自己的梦想。

"都潭,希望下周一的时候你能在同学们面前自豪地讲出自己的梦想。"

课间休息时,同学们都围到了允英身边。

"哇,好大,好炫酷啊!"

允英手里拿着一部黑色的智能手机。只要她用手指轻

最新款

轻一点，硕大的手机屏幕上就会出现色彩斑斓的画面。

"这可是最新款，什么游戏都能玩，能画画，还能听懂我说的话呢！"

允英炫耀着自己的手机，同学们都瞪大了眼睛。

"让我玩一玩呗。"

小都潭伸出了手，可是允英嗖的一下把手机藏在了身后。

"别碰，小脏手碰了会留下印子的！"

"哼，我家的手机比这个好十倍呢！"小都潭既羡慕又嫉妒，不由自主地说了谎。

"你说谎！这个手机可是前天刚出来的最新款！"

"哼，我骗你干吗？我的智能手机还能戴在头上呢！"

"戴在头上？"同学们都惊呆了，异口同声地问道。

"我的手机还能自己说话，还能教我学习，无聊的时候还会陪我聊天呢！"

"手机会说话？"

在同学们的好奇追问下，小都潭的谎话就像雪球一样越滚越大。

"做作业的时候如果有不懂的就问手机，手机全都能告诉我。"

"哪有这种手机啊?我不信,你带过来给我们看看!"允英仰着头,一脸不服气的样子。

"拿就拿,你就等着瞧吧!"小都潭心虚地吐了吐舌头,跑开了。

回家的路上,小都潭独自一人坐在公园的长椅上。情不自禁地长叹了一口气,回想今天发生的两件事。

一个是要在一周内找到自己的梦想,讲给同学们听;另一个是要找出最新款的超强智能手机,虽然它根本不存在。

"唉……"

"唉……"

"唉……"

小都潭像是被霜打的茄子,垂头丧气的,恨不得找个地缝钻进去,逃到地球的另一边。他从书包里拿出自己的手机,那是爸爸用过的手机,又旧又破,只能玩一些没劲的游戏,别的什么都干不了。

"要不让妈妈给我买个新手机吧,可是她昨天还在批评我不学习光玩手机呢……"

这时,小都潭突然想到了一个好主意。

"要不就把手机店老板当作自己的梦想吧,这样就能拥有各种各样的手机了!哇,想想都觉得棒极了。"

不一会儿,小都潭又郁闷了起来。明天还要把手机带到学校去呢,而且是能做作业、能说话,还能戴在头上的手机,要是做不到,允英和同学们肯定会说自己是撒谎精的。

"世界上根本没有这种手机,我可怎么办呀?"小都潭像泄了气的气球,无精打采地往家的方向走去。

到了家门口,他发现了一个奇怪的东西。

"这是什么呀?玩具吗?"小都潭第一次见到这样的东西。它是环形的,能戴在手腕上,别在衣服上,还能戴在头上,分量也很轻,完全看不出它是用来做什么的。

"要不我把它带回家吧……啊,得去上补习班了,迟到了妈妈会批评我的。"

小都潭把这奇怪的东西装进书包,朝着数学补习教室跑去。

学校放学后,小都潭都会按照妈妈给他制订的计划,

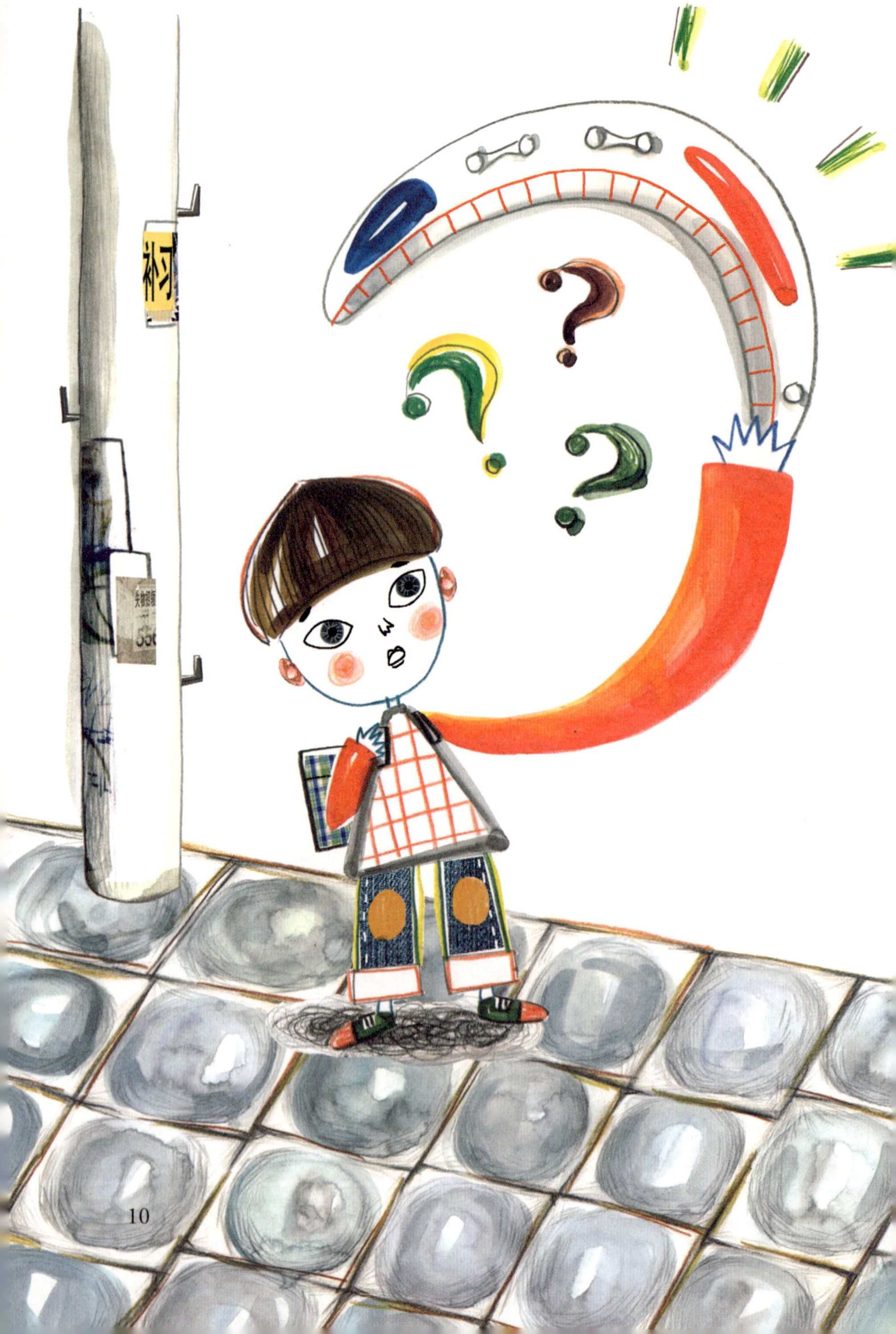
补习

去上各种补习班，到底有几个补习班，是七个还是八个，小都潭自己也记不清了。他在补习班里忙得不可开交，把今天在学校发生的两件事完全抛在了脑后。

"人类也不是不能成为机器人，像我这样专门上补习班的'机器人'真是数也数不清呀……"

一直到晚上，小都潭才回家。

深夜，小都潭玩着从路上捡回来的奇怪东西，一会儿把它戴在手上，一会儿又把它套在头上，玩着玩着就睡着了。

智能手机是怎样像电脑一样运行程序的呢？

1. 智能手机像电脑一样使用操作系统

电脑中安装了 Windows、Mac OS 等操作系统。什么是操作系统呢？操作系统是管理计算机硬件资源，控制其他程序运行，为用户提供交互操作界面的系统软件。智能手机正是因为也加载了操作系统，与普通手机相比，性能更加强大。

不同的智能手机应用的操作系统也不同，手机操作系统主要可分为以下几种：苹果手机运行的是苹果公司开发的 iOS 操作系统；安卓手机运行的是谷歌公司开发的安卓操作系统；微软手机运行的是微软公司开发的 Windows 操作系统。除此之外，还有一些其他的操作系统。

2. 智能手机能使用无线网络

智能手机必不可少的功能就是连接无线网络。没有无线网络，智能手机就无法实现它的各种功能，用起来和普通手机没什么两样。无线网络大致可以分为无线局域网和移动通信网，无线局域网又被称为 Wi-Fi，移动通信网有 3G（第三代移动通信技术）、4G（第四代移动通信技术）等。通过无线网络，智能手机可以实现随时随地使用。

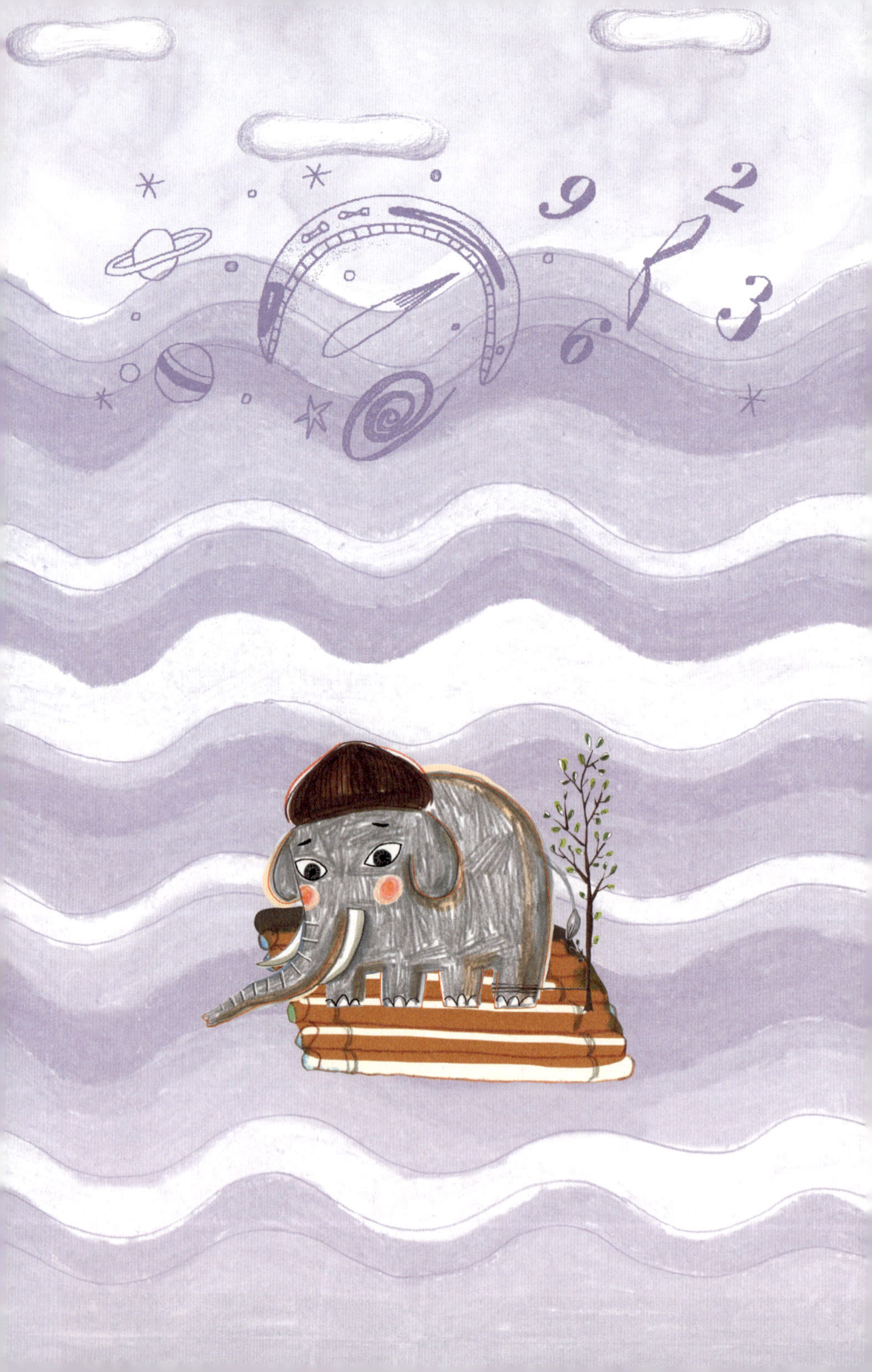

第 2 章

为什么梦想很重要？

"啧啧啧，情况很不乐观啊……"

睡着睡着，小都潭听到有人在喃喃自语。他迷迷糊糊地半睁开眼睛……

只见一个白蒙蒙的影子在床上方的暗处晃来晃去。看起来是一个人的模样，可是小都潭却能透过这个人看到他身后的墙壁，难道……是幽灵？

"啊！"

小都潭尖叫了起来。紧接着幽灵也尖叫了一声，随后又马上捂住了自己的嘴巴。

"嘘!安静!别把你爸爸妈妈吵醒啦!"

"急急……急急如律令!小鬼退下!"小都潭将手摆成十字,朝着那幽灵喊道。

"别喊啦!我不是鬼!"

"啊?那……那你是什么?"

"我叫李宗啊。"

白蒙蒙的影子在半空中晃动着。小都潭仔细一看,原来是一个叔叔,戴着眼镜,胖嘟嘟的,样子并不吓人。

"你不是人吧?不可能是人啊。我现在是在做梦吗?"

"你掐一掐自己的脸试试,看看是不是在做梦。"

"啊!"

"叫你掐你还真掐啊，看来智商不是很高。"

"你这么说，我可要生气啦！你到底是谁啊？"

"我是李宗啊博士，是一个数码顾问，就住在你头上的那个四次元智能手机里。"

听到这里，小都潭摸了摸额头上的手机。再一抬头，白蒙蒙的叔叔竟然不见了。小都潭这才反应过来，原来是这个奇怪的东西发出的光线形成了那个叔叔的模样。

"啊，原来是和立体影像差不多的东西啊，吓我一跳……"

小都潭一会儿遮住光线，一会儿又移开手让光线露出来，只见那半空中，白蒙蒙的叔叔随着一会儿消失一会儿出现。

"哎呀！我头都晕了，别弄啦！"

"您刚才说您叫李宗啊？名字好奇怪呀。"

"制造我的人是韩国工程学专家李宗昊博士，我是他的虚拟形象。他给我取名字的时候，碰巧打了个嗝，所以我就成了李宗啊……"

"那我就叫您啊博士吧。"

"虽然不怎么好听，但也不能因为一个小小的称呼浪费太多时间，我来做个自我介绍吧。你好啊，我是来自2027年的四次元智能手机！"

"是从未来过来的智能手机吗？"

"没错，几年之后手机就会变成我这个样子。我之前一直待在李宗昊博士的研究室里，研究新一代网络框架，不知道怎么会落到你这个小孩手里，还是个得了'梦想缺乏症'的小孩。可能是时空缝隙发生了扭曲，我这个四次元手机才掉到了这里。"

直到现在，小都潭也不敢相信眼前的景象，他呆呆地看着啊博士，有点儿发蒙。

"看来现在你还是不相信我。我已经知道了你的所有信息，不仅知道你的血型、体质、作息时间、性格、智商、学习能力、兴趣爱好、人际关系，还知道你没有梦想……

对了！你还想过要当一个什么手机店的老板。就连你背不好九九乘法表我都知道，尤其是7的乘法和8的乘法，简直是背得一团糟。"

"啊，好丢脸！您是怎么知道的啊？"

"因为我是四次元智能手机啊！通过你的脑电波，我就能大致知道你脑子里在想什么，再看看你手机里的通信录、使用记录，然后去你的手机、你父母的手机，还有你们学校的计算机网络里走一走，我就对你了如指掌啦！"

"您好厉害啊！不愧是啊博士，让我一直想啊啊啊地尖叫！"

"好了好了，安静！"

"您为什么是四次元呀？其他小朋友也叫我四次元，因为我跟他们性格不太一样。您是因为长得不好看所以叫四次元吗？"

"啊，李宗昊博士要是知道你这么说他肯定要气晕过去啦！他可是一直都觉得自己帅气逼人，对自己的长相一直都很满意的。"

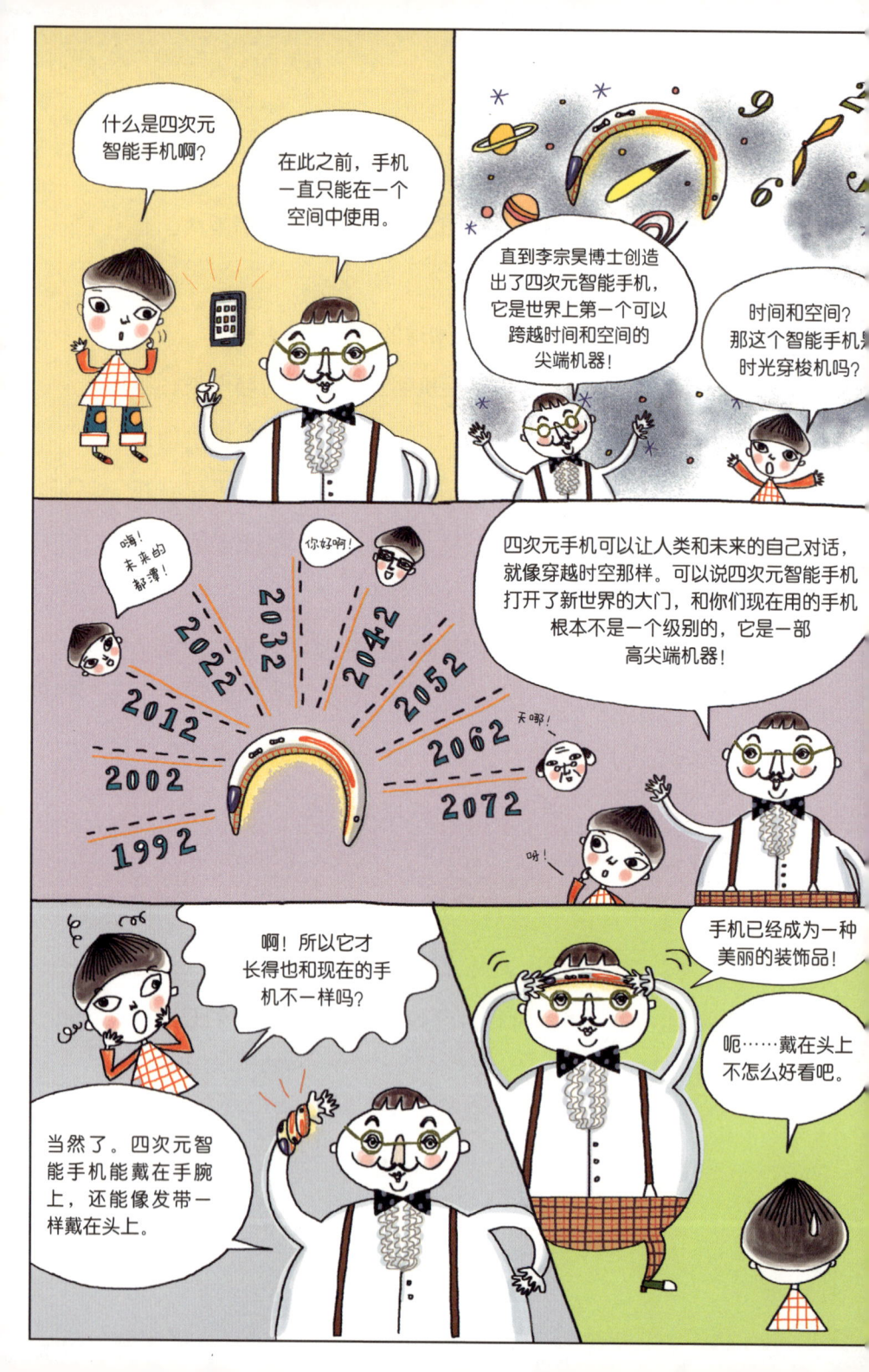

什么是四次元智能手机啊?

在此之前,手机一直只能在一个空间中使用。

直到李宗昊博士创造出了四次元智能手机,它是世界上第一个可以跨越时间和空间的尖端机器!

时间和空间?那这个智能手机是时光穿梭机吗?

嗨!未来的赫潭!

你好啊!

2022 2032 2042 2052 2012 2002 2062 1992 2072

天哪!

呀!

四次元手机可以让人类和未来的自己对话,就像穿越时空那样。可以说四次元智能手机打开了新世界的大门,和你们现在用的手机根本不是一个级别的,它是一部高尖端机器!

啊!所以它才长得也和现在的手机不一样吗?

手机已经成为一种美丽的装饰品!

呃……戴在头上不怎么好看吧。

当然了。四次元智能手机能戴在手腕上,还能像发带一样戴在头上。

你们现在的手机可以进行二维视频通话吧？四次元智能手机使用全息摄影技术，能够呈现三维立体影像。

小郡潭，你好啊！

哇，好像恐龙啊！

有了四次元智能手机，就能和全息影像进行对话，智能手机的很多功能都能以全息影像的形式实现。

哇！可以在立体空间里打游戏、发邮件、在网站上搜索东西！太棒啦！就像来到了四次元空间！

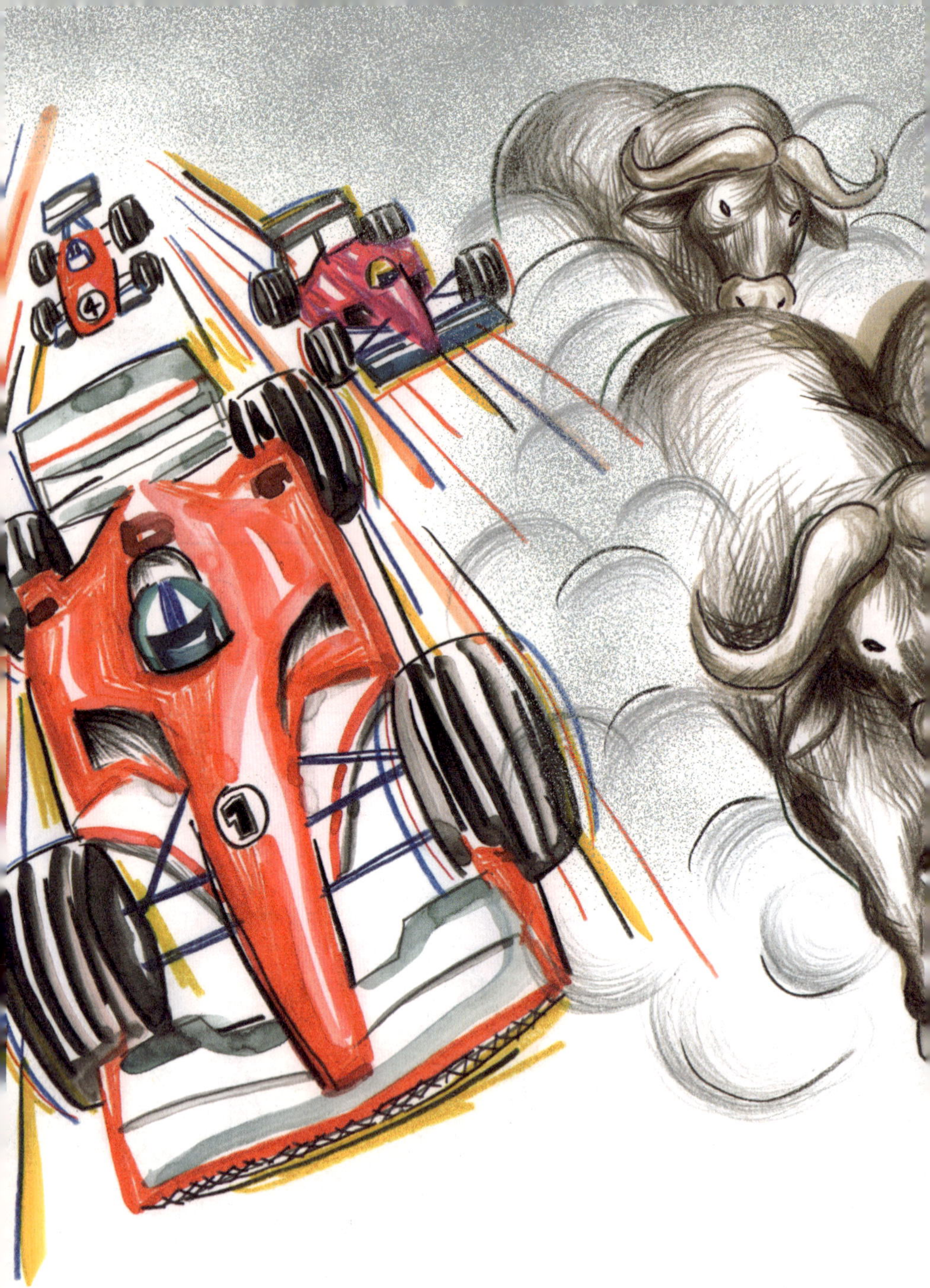
4
1

23

小都潭的房间里出现了十分逼真、无比炫目的画面：汽车在奔驰，非洲大草原上的野牛迎面跑来，还有巨大的石头飞到眼前……这些画面都太真实了，虽然只是立体影像，还是把小都潭吓得赶紧闭上了眼睛。

"四次元智能手机就像是人生保管箱，可以储存家庭信息、朋友信息、学校信息、地域信息……它能够储存一个人一生中能够建立的所有关系网。它和社交网站一样，连接了网络。它的内存很强大，所以基本上可以存储一个人的所有数据。"

"这个机器这么小，居然能存得下我的人生！哇！这是真的吗？"

"还有，四次元智能手机真的很智能！它随时准备着为主人献身。瞧，它还安装了传感器，就在这里，看到了吗？"

"看到了！这里有一个针孔，咦？又不是针，为什么有针孔呢？"

"那是传感器，不是针孔。手机就是通过传感器感应人类的情感变化和周边环境的。不仅如此，还能检测使用者的健康状况，如果出现了异常，手机就会联系医生来做检查。如果你不开心、无精打采的话，它还会给你播放音乐，说一些安慰你的话。"

"哇，好像是阿拉丁神灯里的精灵！"

"很高兴听到你的赞美，谢谢！"

啊博士的嘴角露出了温柔的微笑。

"但您的脸并不像那个精灵。"

"嗯嗯！"

"啊博士，您刚才说四次元智能手机会为了主人献身，那您能为我做些什么呢？"

"看来你是想不劳而获呀。"

"嘿嘿……"

"我可以为你治病，你病了，而且非常严重。"

"我生病了？啊！那我马上就要死了吗？"小都潭担心地问道。

"不用担心，不是会死的病。你得的是'海上木筏病'和'梦想缺乏症'。"

"以前从来没听说过这种病，我只听说过缺乏维生素……"

啊!

啊!鲨鱼!

别害怕,不是真的鲨鱼。

现在你能看到什么?

什么也看不到,四面八方都是望不到边际的大海。

如果一直在这种木筏上待着,我可能活不了太久…… / 是吧?洪都潭,这就是你的人生。	你是不是说过没有想做的事情,也没有想成为的人? / 说过,您不是早就知道了吗……
是不是还特别讨厌学习? / 非常讨厌!比讨厌黄瓜还要讨厌,比讨厌蜘蛛还要讨厌!	你之所以讨厌学习,是因为你正坐着这样的木筏,在这茫茫大海之上,不知道去向哪里。
如果拥有明确的目标,即使坐在这样的木筏上,也会心存希望。但如果没有目的地,你就只能在大海上漂泊了。 / 那我的目的地是哪里呢?	这要问你自己呀,你的梦想就是你的目的地。没有梦想,你的人生就会变成没有目的地的人生。

啊博士双手抱胸，向小都潭说道："你知道你为什么不喜欢学习吗？因为你不知道学习的理由，所以才会厌烦学习。"

"是吗？"

"没有梦想的学习就像漫无目的地奔跑。想要找到学习的理由，最好的方法就是去思考未来的自己。你可以试着想一想自己为什么要学习、为什么要上大学，当你拥有了目标，你就会好好学习、天天向上了。"

茫茫大海上，能看到远远的地方有一处小岛，岛上的椰子树随风摆动。小都潭静静地望着那个小岛，默默地想："如果什么也不想做，也不想成为任何人，就会得'海上

木筏病'和'梦想缺乏症'啊……"

"那我可以随便找一个梦想吗？就像小伙伴们说的那样，他们想当医生、歌手、足球运动员……那我也可以说出100个梦想！歌手1号，歌手2号，歌手3号……"

"唉……"

小都潭的回答让啊博士有些头疼，他叹了口气，抚了抚额头。

"谁都能拥有梦想，但并不是所有人都能实现自己的梦想。每个人都能找到自己的梦想，但真正能够实现梦想的人非常少，因为大部分人都不知道实现梦想的方法。他们的梦想毫无意义，像海市蜃楼，看似存在，但是总会自动消失。"

说到这里，海水突然消失了，房间里突然出现了一只小象宝宝，它被绳子绑着。

"那只小象叫夏洛克，它从小就被绳子绑住了。"啊博士接着讲道，随着小象渐渐长大，它的力气也变得非常大，它能用长长的鼻子卷起大树，把大树连根拔起。但夏洛克仍然被小绳捆住，一动也不动。

"它的腿力气那么大，肯定能把绳子弄断呀，为什么还是被绑着呢？"

"它从小就被绑了起来，小时候没能挣脱绳子，现在也一直觉得自己不能挣脱，所以根本想不到去挣脱绳子。绳子绑住的不是它的身体，而是它的心。"啊博士一字一句地说道。

就在这时，夏洛克的脸突然变成了小都潭的样子，把小都潭吓了一跳。

"都潭啊，就是因为没有梦想，所以夏洛克才忘记了用自己的力量挣脱绳子，就是因为没有梦想，所以它被那微不足道的绳子绑住了。只要你拥有了梦想，你也能挣脱'绳子'，飞向美好的未来！梦想能激发你的潜能，让你不断进步。梦想越大，未来也就越宽广！"

小都潭似懂非懂地点了点头。

就在这时，门外传来了妈妈的声音。小都潭赶紧闭上眼，假装正在睡觉，啊博士也瞬间消失了。

手机是怎么诞生的？它是怎么发展到现在的？

1. 第一部手机的诞生

世界上的第一部手机诞生于 1973 年，发明者是马丁·库帕（1928— ），当时他在美国摩托罗拉公司工作。这部手机就像砖头一样笨重，因为它长得像鞋子，所以还被叫作"鞋子手机"。那个时候的手机还只能打电话，没有其他功能。不仅如此，它还只能在一些固定的场所使用，只能打给机型相同的手机，和现在的对讲机差不多。

2. 20 世纪 80 年代，第一代手机问世

1981 年，瑞典爱立信公司开发出新的移动电话技术，随着欧洲各国对这项技术的使用，移动电话也渐渐得到普及。1983 年，美国贝尔实验室研发出新的移动手机技术，美国应用此技术安装移动通信网，自此美国人开始使用手机。但是，这时的手机使用起来很不方便，只能用来打电话，而且音质差，信号也不稳定。这就是第一代移动通信系统技术，简称为 1G。

3. 20 世纪 90 年代，移动手机实现数字化

美国高通公司于 1989 年首次研发出一种叫作 CDMA（码分多址）的移动通信技术，并于 1995 年实现首次商用。这时，多个用户可以同时共享频道、互通信号，这种信号调制技术推动了 2G，也就是第二代移动通信技术的诞生。从第二代开始，人们完成了从模拟时代向数字时代的转变。不仅通话质量变好了，还能用手机发送文字和图片。

4.21 世纪，智能手机得到普及

2G 的主要问题就是太慢了，所以只能发送文字和一些很小的图片。1999 年，国际电信联盟制定了比 2G 更快的移动通信技术新标准。欧洲的 W-CDMA 和美国的 CDMA2000 都符合这一标准，也就是这两项技术开启了第三代移动通信技术时代。CDMA2000 和 W-CDMA 的不同之处在于，W-CDMA 使用的是 USIM 卡，因此换手机比较方便。USIM 卡中储存着用户信息，可以把它看成是一种"手机的身份证"。

随着 3G 时代的来临，手机的数据通信速度也是突飞猛进。这时的手机不仅能上网，还能打视频电话。手机速度快了，功能多了，用手机的人也急剧增加。

5. 2010 年起，使用第四代移动通信技术的智能手机开启新世界

　　2010 年，国际电信联盟宣布第四代移动通信标准是 LTE 和 WiBro 等。韩国从 2011 年下半年开始使用 LTE，现在所有移动通信公司都使用 LTE 作为通信标准。LTE 比 3G 更快，可以说是 LTE 开启了智能手机的新篇章。LTE 是电信中用于手机及数据终端的高速无线通讯标准，是过渡到 4G 的版本。LTE 并不是真正的 4G，因为它不符合国际电信联盟无线电通信部门要求的 4G 标准，LTE-A 才符合国际电信联盟无线电通信部门要求的 4G 标准。现在的智能手机上网速度已接近家用电脑。

　　现在，第五代智能手机已经粉墨登场了。第五代智能手机又会给我们带来一个怎样炫酷的世界呢？小朋友，你能想象出来吗？*

---

* 5G 时代已经来临，截至 2021 年，中国已建成全球规模最大的 5G 移动网络。

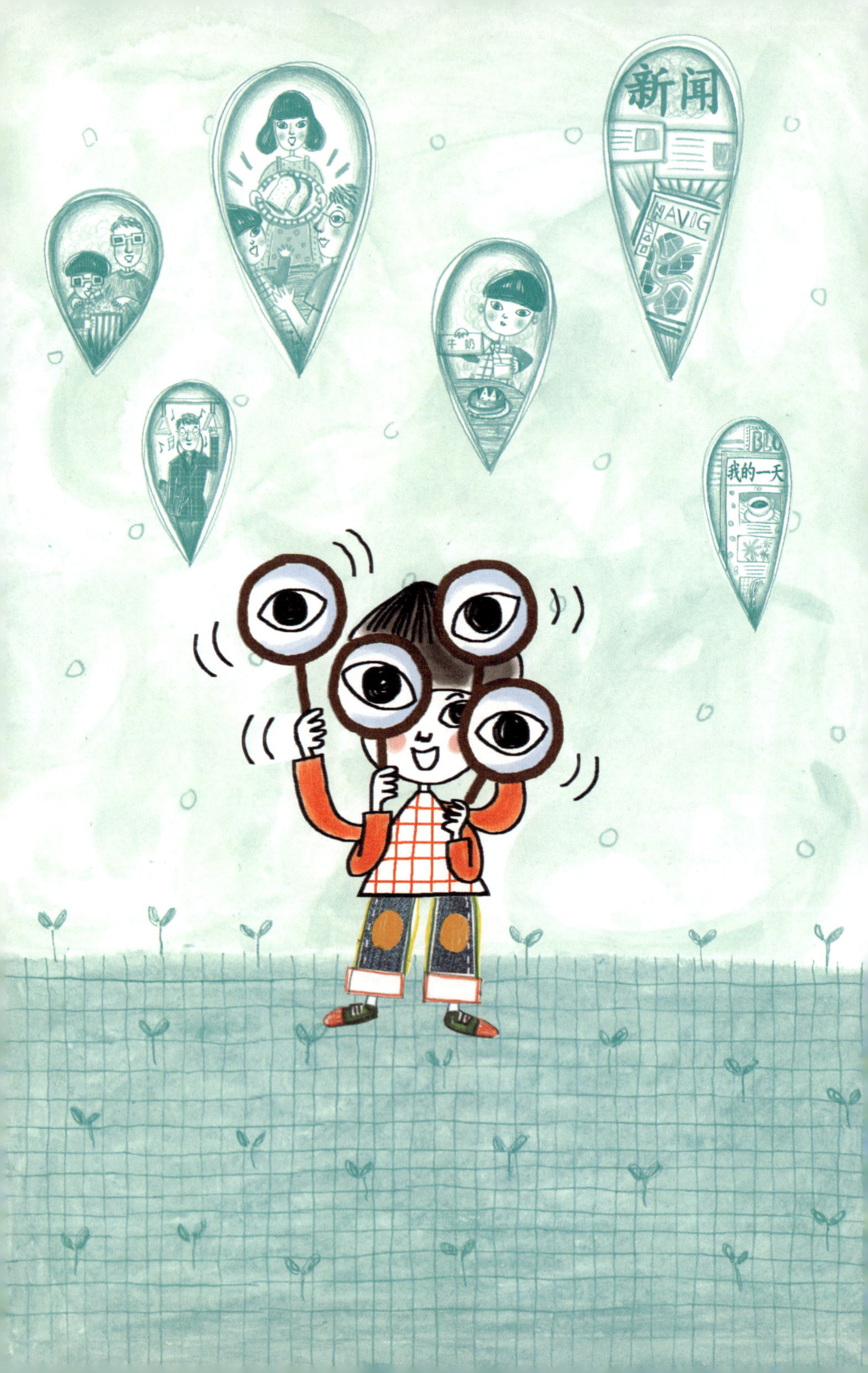
新闻
NAVIG
牛奶
我的一天

第 3 章

发现自我，
发现我的梦想

嗡——嗡——

第二天清早，小都潭正呼呼地睡着觉，头顶突然嗡嗡地震动起来，他一下子睁开了眼睛。

"啊……怎么回事啊？"

小都潭摸了摸头，原来是戴在头上的四次元手机正在震动。

"早上好啊！今天气温 27.5 摄氏度，多云，风速 4 m/s，湿度 45%。下面播报今日要闻：袋鼠一家从动物园中逃跑；有人偷偷在地铁里拉了臭臭……"

气温27.5摄氏度！！！
#多云～
风速4m/s
湿度45%

啊博士滔滔不绝地说了起来。

小都潭双手捂住耳朵喊道:"啊博士!别说啦!我的头都要晕了!闹钟震动得太厉害了!"

"这就是四次元智能手机为你量身打造的功能,专治你爱迟到的毛病,忍不了你就起床呀。"

嗡——嗡——

手机震动得更猛了,小都潭实在是忍不了了,噌的一下坐了起来。

"赶快起来准备上学!距上课时间还有47分22秒,快去看看课程表,你今天需要带跳绳、彩纸、颜料……都装进书包里,别忘啦!"

"哎呀,好困呀,我还想再睡一会儿……"

小都潭打了一个大大的哈欠,伸了一个长长的懒腰。啊博士又接着唠叨了起来:"快点儿行动起来,你这个月已经迟到4次了,今天再迟到的话,老师该让你打扫厕所了。"

"这您又是怎么知道的?"

"我连接了你们学校的电脑,把你在学校的生活记录表都读了一遍。何止知道这个,我还知道你一年级的时候因为想拉屉屉，憋得不行，最后哭着跑回家的事呢！"

"咦？那可是只有老师和妈妈知道的秘密呀。"

"放心吧，我会替你保守秘密的。今天有可能下雷阵雨，带好雨伞；白天气温比较高，穿短袖！"

"可是……可是我为什么总是想打哈欠呢？浑身没有力气，好像还发了高烧，我肯定是感冒了，今天需要在家休息。"

小都潭身子向后仰，又一下子躺回了床上。

"别撒谎了，你又装病！你现在身体状况正常得不得了，我能通过传感器检查你的体温、脉搏，你之前经常装病，请了12次假，我说的没错吧？"

"呃……"

被拆穿的小都潭不好意思地吐了吐舌头。

"啊哈！我猜你现在需要清新的空气和愉悦的心情，好，我现在就给你放一首好听的音乐，让你打起精神来。下面就给洪都潭小朋友带来一首充满力量的歌曲！"

话音刚落，四次元智能手机里就传来了动次打次、动次打次的音乐。

"咦？这不就是我最喜欢的那个……"

"《稻草人的合唱》，我早就调查过你最喜欢什么音乐了。"

"还有什么是您不知道的？我突然有点怕您……"

"怕什么？我这也是为了你的健康，为了你的幸福，为了你的成功。我猜你现在需要的是跳舞！启动跳舞模式！来呀，跟着我一起跳起来！"

说着，啊博士马上跳了起来。小都潭也学着啊博士的样子跳了起来，一会儿摇一摇胳膊，一会儿扭一扭腰，一会儿又拱一拱屁股。

"哈哈，我的瞌睡都走光了，心情也变好啦！"

啊博士也开心地哼起了歌。

"我是装病大王，啊博士您是唠叨大王，我妈妈是唠叨大队长，您比我妈妈还要唠叨100倍。但是您的唠叨也有好处，这次去学校我肯定不会忘带东西啦。"

"那是当然了，在未来，每个孩子都不会丢三落四，因为有四次元智能手机提醒他们带好作业本，还会说一些鼓励他们的话，让他们拥有更好的校园生活。天气冷了叫他们添衣服，天气热了叫他们减衣服，根据他们的心情为他们播放音乐，还会给他们挑选最新潮的衣服，告诉他们我是四呀么四次元手机。

用传感器呀去呀么去感知。

用传感器呀去呀么去检测。

我的身体是超智能的。

我的脸蛋也是超智能的。

我就是,大帅哥四次元智能手机!!!

如何跟朋友相处，怎么给朋友买生日礼物，等等。要是被别的小朋友欺负了，四次元智能手机还会告诉他们解决方法。我们四次元智能手机就是这么智能！"

啊博士打开了自我炫耀模式。

小都潭偷偷地想："创造啊博士的李宗昊博士不会是得了王子病吧？"

"啊博士，我知道您的名字为什么是'啊'了。"

"嗯？你知道了？说说看。"

"我说了您可别生气哟。"

小都潭捂住嘴偷偷笑了几声。

"说呀。"

"您真的别生气哟。"

"我保证不生气，快说吧。"

啊博士太想知道了，他焦急地催促着小都潭。

终于，小都潭小心翼翼地开了口："因为……因为每个人见到您的脸，估计都要啊的一声叫出来。"

"嗯？你说什么？"

"您肚子大得好像能装下一座大山，脸长得像大饼，虚拟人像应该长得特别帅气呀，可是您长得有点儿奇怪。"

"啊!"啊博士惊讶地叫了一声。

"您能不能变得帅气、炫酷一点儿呢?我在玩游戏的时候都可以选择炫酷的人物呢。"

"天哪,你是说天才工程师专家李宗昊长得像大饼吗?哎哟喂,真是拿你没办法。"

啊博士无奈地笑了。

"也不是啦,可是……可是每次看到您我都特别想吃大饼……"

小都潭话音刚落,啊博士的脸真的变成了大饼,香喷喷的味道扑面而来。

"是这样的大饼吗?"

"啊!您别真的变成大饼啊,我都忍不住想咬一口您的脸了。"

啊博士变回了原来的模样,很认真地说道:"你这个主意非常不错,洪都潭小同学,你在智能手机研发上非常有天赋。好,那我就用人工智能换一个新的人物皮肤吧!"

正说着,啊博士突然在原地转了起来,每转一圈都会变成新的模样。

"小都潭,你看我现在漂亮吗?"

啊博士变成了伊丽莎白女王。

"嗯……我不喜欢这样的,还有别的吗?"

于是,啊博士又在原地转了起来。

"这样呢?瞧瞧这坚实的臂膀,还有威武的大刀!"

这次,啊博士又变成了李舜臣将军。

"胡子不太好看,大刀也不像真的,好像玩具刀。"

不一会儿,啊博士又变成了爱因斯坦的模样。

"你好啊!我是科学天才,还拿了诺贝尔奖了呢!"

"算了算了,还是原来的样子最适合您。"小都潭摇着头,无可奈何地说。

于是,啊博士又变回了那张酷似大饼的脸。

"小都潭,我现在还是一个未完成的人物,以后我会让最优秀的设计师给我设计造型的!到时候我就会变好看啦。"

"那我只好等等看了。"

小都潭开始按照啊博士的叮嘱准备上学需要的东西。不知道为什么,今天的小都潭格外充满活力。吃完早饭,小都潭一边收拾着要带的东西,一边穿衣服,动作非常快。

看着与平时截然不同的小都潭,爸爸妈妈很吃惊。

"老婆，刚才是不是有什么东西飞过去了。"

"那不是咱家都潭吗，小懒虫今天怎么变成小勤快了？"

小都潭早早地到了学校，老师见了也很意外。

"嗬，今天太阳打西边出来啦，迟到队长小都潭今天没迟到呢！"

"老师，我再也不会迟到了，因为我家有个唠叨大王！"

"怎么能说妈妈是唠叨大王呢？"

"不是妈妈。我家唠叨大王住在手机里，多亏了他，今天我把需要的东西都带来了，一样都不差。"小都潭指着戴在头上的四次元智能手机说道。

老师听得一头雾水。

"这是新的玩具吗？对了，你找到梦想了吗？"

"啊！还……还没找到。"

"还没找到吗？我们小都潭的梦想到底跑哪里去了呢？得赶紧找到它才行呀……"老师用非常遗憾的语气说道，就像在说"得了病要赶紧康复才好啊"。

这时允英和卉莉来了。

"都潭，你是不是忘记什么东西了？不是说家里有个会说话的手机吗?又能辅导作业,还能陪你玩。昨天说忘带了,说好了今天带来的呀。"

"就在这儿呢,这里住着啊博士,他长得像一张大饼。啊博士,快出来!"

小都潭用手一下一下地点敲着头上戴的手机,可是没有任何反应。

"奇怪,啊博士,您快出来啊,我的朋友都在等着看您呢,别害羞呀!"

小都潭使出浑身解数,一会儿摇一摇手机,

一会儿冲着手机大喊。可是手机好像坏了似的,毫无反应。

"怎么没有触摸屏幕,这怎么开机呀?"卉莉问道。

"我的手机没装触摸屏幕,它使用的是全息影像,四次元智能手机是用声音启动的。"小都潭回答道。

"怎么可能,哪有这种手机呀?"

"你说这个玩具里住着一个博士?真是的,又在撒谎了,真是个撒谎精!"

"洪都潭,看来你不仅是装病大王,还是撒谎大王呀,还说这个破玩具是四次元智能手机。我现在知道你的梦想是什么了。"

"你知道我的梦想？"

"你的梦想是当撒谎大王，每天都想着撒什么谎！"

同学们对这个说法点头称是，连连叫好。小都潭的脸噌的一下就红了。

就这样，小都潭被同学们嘲笑了一整天，气得他把手机扔进了书包里，一眼都不想看到它。

回到家，四次元手机还是关机状态。

"它肯定是哪里坏了，啊博士不会已经死了吧？"

小都潭担心得不得了，他赶紧找出螺丝刀，打算把四次元智能手机拆开一探究竟。可是他找来找去都没有找到可以拆开的地方。

"螺丝刀行不通，那就试试用锤子把它砸开吧。"

小都潭举起锤子刚要砸下去，只听啊博士突然喊道："住手！"

"啊博士，您在哪里呢？怎么一点儿动静都没有呀？"

"我正在自动更新呢，四次元智能手机会自己诊断问题，出故障了也能自己修复。你刚才不会是想用锤子把我砸碎吧？"

听到这话，小都潭连忙把锤子藏在了身后。

"在学校的时候我叫您您怎么没出来啊？同学们都说我是撒谎精，还说我是撒谎大王……"

"你也知道呀，我是来自未来的四次元智能手机，一旦人们知道有什么东西是从未来穿越过来的话，肯定会炸了锅的。"

这些话太深奥了，小都潭完全没有听懂，但他还是假装听懂了的样子点了点头。

"小都潭，你找到梦想了吗？老师又催促你赶紧寻找梦想了吧？"

"我知道梦想很宝贵，可是……可是我不知道该拥有什么样的梦想。"小都潭说出了自己的心里话。

"看来是时候启动梦想搜索程序了，它能帮你找到梦想。"

啊博士背着手在房间里走来走去，他问道："小都潭，有什么事是你可以全身心投入的？就是让你感觉时间过得很快的事？"

启动梦想搜索程序!

哇!居然还有帮助找到梦想的程序!这是免费的吗?

发 现 自 我

寻找梦想从这里开始!让你发现自己!

这里!我在这儿呢!

不知道自己的梦想和目标的人就是不了解自己的人。

啊,原来是这个意思啊。

你想过自己是个什么样的人吗?你能准确地说出自己是什么样的人,自己有什么长处、有什么短处吗?

不能。

好吧,至少你能实话实说。

我很擅长实话实说。

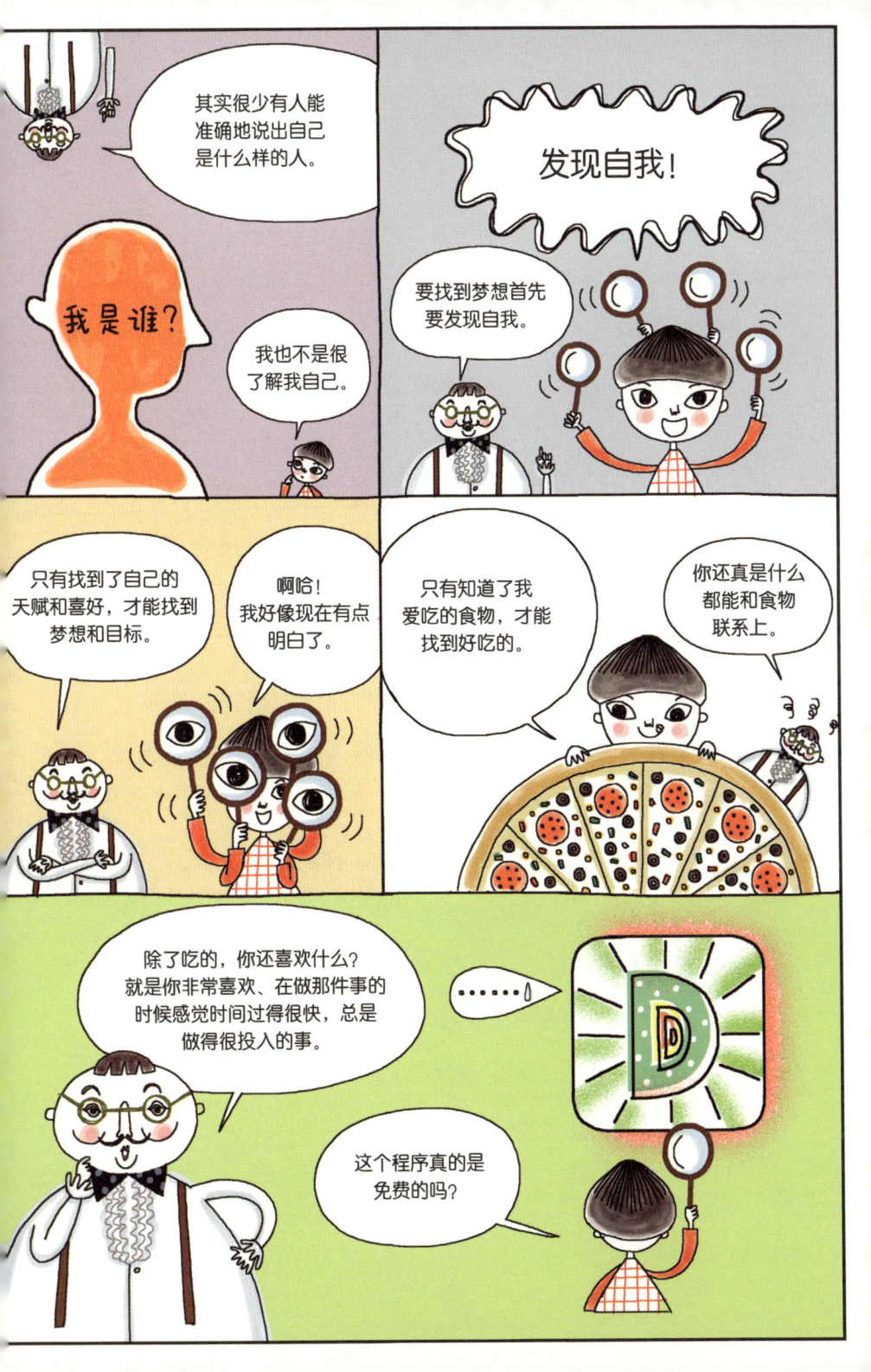

其实很少有人能准确地说出自己是什么样的人。

发现自我！

我是谁？

我也不是很了解我自己。

要找到梦想首先要发现自我。

只有找到了自己的天赋和喜好，才能找到梦想和目标。

啊哈！我好像现在有点明白了。

只有知道了我爱吃的食物，才能找到好吃的。

你还真是什么都能和食物联系上。

除了吃的，你还喜欢什么？就是你非常喜欢、在做那件事的时候感觉时间过得很快，总是做得很投入的事。

……

这个程序真的是免费的吗？

"那个。"

小都潭朝远处指了指。

"那个？不会是那个螺丝刀吧？就是那个差点儿把我拆开分解的，无比吓人的武器吗？"啊博士害怕地问。

"对，我真的很想把您拆开。"

"啊！"

啊博士尖叫了一声。

"给我拆一下嘛，我想拆开看看嘛！您就给我拆一下吧！"

"停！"

"手机是怎么传递声音的呢？音箱是怎么放音乐的？电视机是怎么播放画面的？微波炉为什么能加热食物呀？"

"啊，我知道了，原来你对电子产品非常感兴趣。可是如果你把电子产品都拆开了，你的爸爸妈妈可能要把你赶出家门了。"

"对呀，之前因为把表拆开了，我还被罚站了。可是我真的觉得很好玩。我组装过玩具太阳能汽车、对讲机，还组装过收音机，那个时候真的觉得时间过得很快。"

小都潭越说越起劲。

"对！就是这种感觉！来，带着我在你家转一圈。这样家里的一切就会通过增强现实*技术呈现虚拟影像了。"

"什么是增强现实？"

小都潭举着智能手机在家里慢慢地走了一圈，家里的电子产品上方居然出现了小都潭一家的生活影像。

早上7点，一家三口被音箱的闹钟功能叫醒。妈妈用面包机烤了香喷喷的面包片。上班路上，爸爸边听音乐，边刷公交卡上了地铁。人们用智能手机看新闻，或者用手机的导航功能找路。小都潭在家里看着电视，喝了一口从冰箱里拿出的冰冰凉凉的牛奶。妈妈去医院做了全面体检，血压仪、核磁共振仪都是电子产品。回到家，妈妈打开电脑通过互联网购物，又连接了摄像机，把照片传到了博客上。画面中出现的每个电子产品都闪闪发光。

"你现在应该知道每天用到的电子产品有多么的多了吧？"

"电子产品真是无处不在啊，没有它们好像活不下去

---

* 增强现实是一种计算机图像技术，它能将现实世界中的实体信息进行模拟仿真处理，再将虚拟信息内容应用到真实世界。

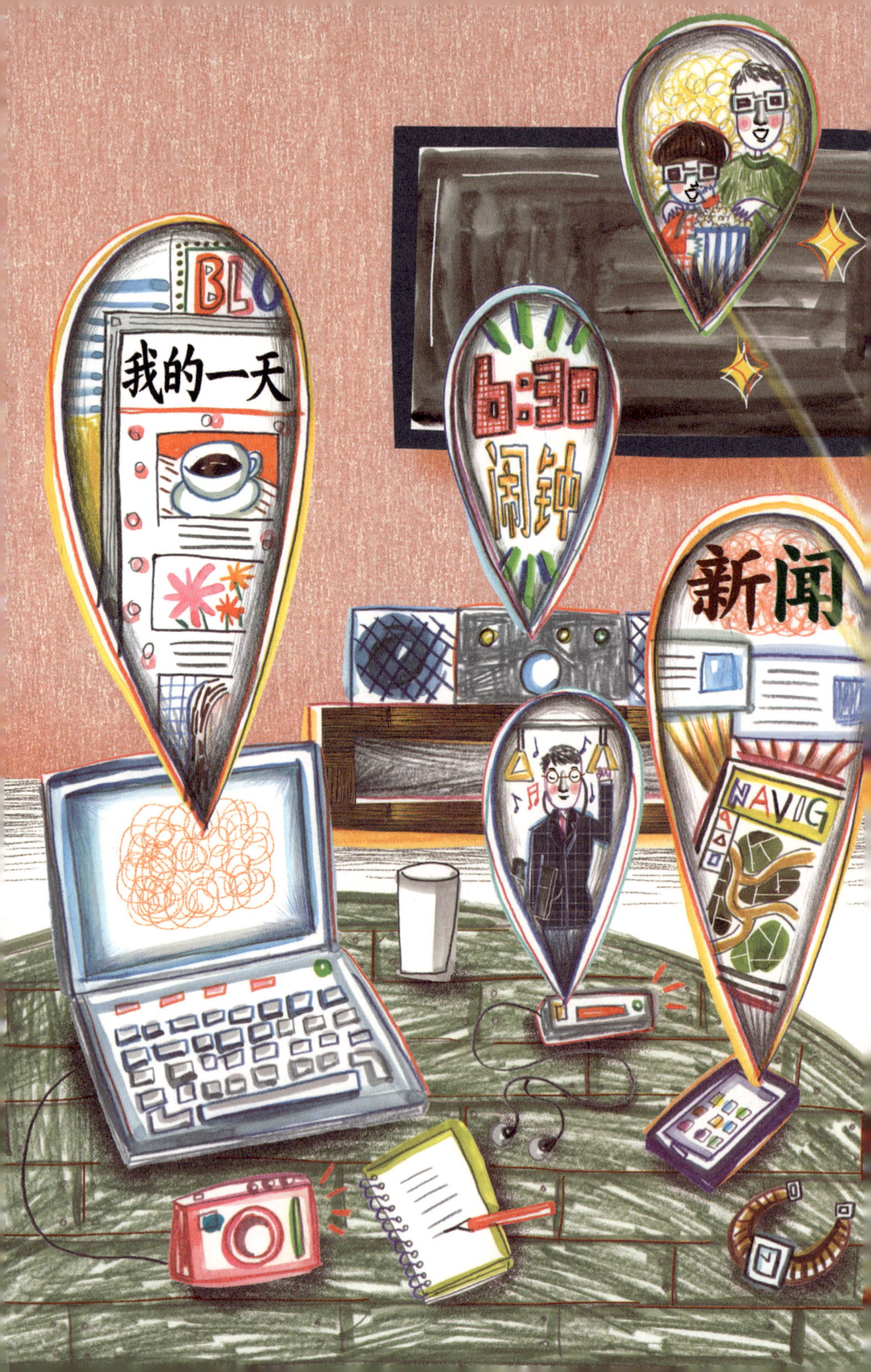
BLO
我的一天
6:30
闹钟
新闻
NAVIG

牛奶

了呢。"

"没错,看来你已经知道电子产品到底有多重要了。制造电子产品的产业叫作电子产业,韩国就是电子产业强国,韩国的电子产品在全世界都很有名。"

说到这儿,旁边的墙面上就出现了韩国电子产业的相关画面:有制造半导体的公司,还有制造手机和其他各种家电的公司……很多国家都使用着韩国制造的产品。

"啊,所以我才一直想拆开它们吧,看来我在电子产品制造方面很有天赋。要是我能制造出最新款智能手机,朋友们一定会非常羡慕我吧?我要让那些叫我撒谎大王的家伙们大吃一惊!啊博士,想要制造手机的话,需要做什么工作呢?"

小都潭闪闪发光的眼睛中充满了好奇。

"可以当电子工程师或者通信工程师。"

"咦?我们班上的同学没人拿这个当作梦想呀?"

"全世界有2万多种职业,甚至更多。把你们班里所有同学梦想的职业加起来也超不过50个。因为你们对未来世界了解太少,所以看得不够远。"

"我也能成为通信工程师吗?"

"这要看你以后怎么做了,梦想是不会自己实现的,也没有人能替你实现梦想,不是嘴上说说想当通信工程师,突然一天你的梦想就实现了。要想实现梦想,就要朝着梦想脚踏实地地努力,这样你才能像发明我的李宗昊博士一样,成为优秀的工程师。"

小都潭非常认真地听着啊博士的话。

"要想成为通信工程师,就要有耐心,注意力集中,积极向上,心思缜密,遇到问题时还要发挥创新能力解决问题,通信工程师肯定要和别人一起搞研发,所以还需要具备合作意识。"

"这么难,我能做到吗?我现在连九九乘法表都背不好呢……"

"告诉你一个秘密吧,李宗昊博士在你这么大的时候学习也很差,他也没上过补习班,以前还在乡下放过牛。但是他有明确的目标,对未来充满自信。你知道成功人士的共同点是什么吗?他们都树立了远大的目标,并且坚信自己能成功,敢于不断挑战。相反,如果从一开始就吓唬自己,经常说'我不行,太难了,我肯定做不到',那这个人一定一事无成。走向成功最大的法宝就是,积极向上的心态，充满热情的心，还有坚定不移的信念。"啊博士一字一句地说道。

然后他在原地嗖的一下转了一圈，说出了一句很精彩的话："思考着幸福的事，你也会变得很幸福！"

啊博士再次打开了梦想搜索程序。

"描绘未来的自己！想象一下10年、20年后自己在哪里，在干什么事。写自传、写信、写日记，写什么都行，把自己的想象写下来，越具体越好。如果能想象出自己20年后的样子，那你也就知道前进的方向了。"

坐在书桌前，小都潭想象着自己以后成为通信工程师的样子——小伙伴们都来找自己买手机，他们着急地喊着："给我一部手机，一部就可以！"大街上，人们为了买自己制造的手机排起了长长的队伍，他们朝自己央求着："洪大神、洪大神，拜托您卖给我一部新款手机吧！"甚至没有任何一个明星的人气比得过自己，没有任何一个博士比自己更受尊敬。

"哇！"

小都潭情不自禁地张开了嘴巴，嘴角流出了口水，他心里暗暗想道："啊，这就是我的梦想呀，我的梦想就是成为洪大神！"

想到这儿，小都潭擦了擦嘴角的口水。

为什么触摸屏只对手指有反应呢?

智能手机用手指触摸就能启动,所以它的屏幕才叫作"触摸屏"。正是因为有了触摸屏,智能手机使用起来才更加方便了。神奇的是,大部分触摸屏只对手指有反应。好,接下来我们就一起了解一下触摸屏的操作原理和使用方法吧!

1. 智能手机为什么使用触摸屏呢?

我们都知道,电脑带有键盘和鼠标,键盘和鼠标是输入设备。文字、声音、数字等资料只有通过输入设备输入电脑,电脑才能对它们进行处理。智能手机的输入设备是触摸屏。因为智能手机需要方便携带,所以人们用触摸屏代替了键盘和鼠标。如果没有触摸屏,智能手机就比不上电脑方便啦。

2. 触摸屏是怎么运作的呢？

表面上看起来一模一样的触摸屏，根据运作原理的不同可以分为多个种类。手机上最常用的是电阻式触摸屏和电容式触摸屏。

·**电阻式触摸屏**

这种触摸屏通过感应手指的压力运作，也就是说需要手指按压进行控制。它的表层进行了防刮处理，里面是能够感应压力的薄膜。因为这种触摸屏是通过感应压力运作的，所以除了手指，其他任何东西也都可以操控屏幕。"任天堂 DS"等便携式游戏机就是这类触摸屏的代表产品。电阻式触摸屏的优点在于原理简单，制造成本相对较低。

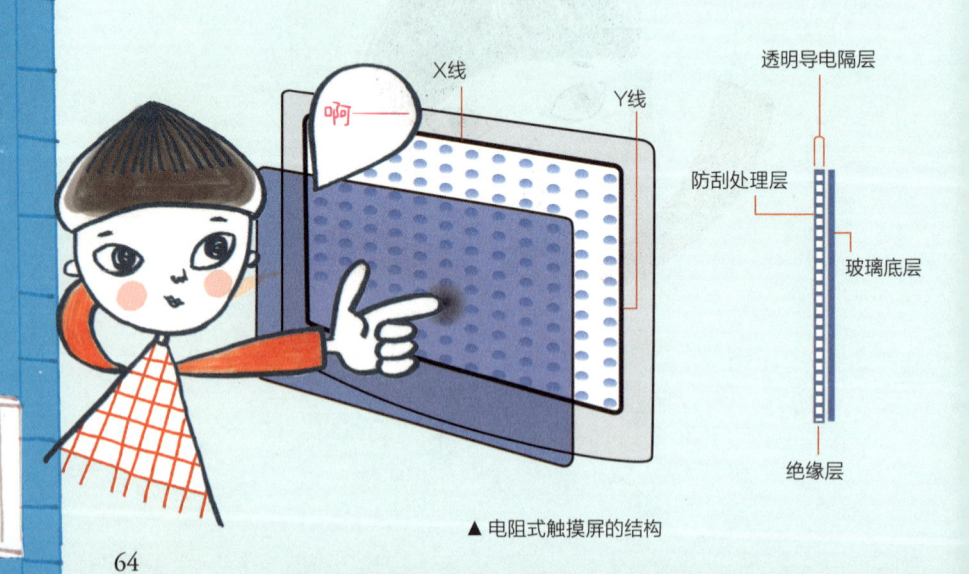

▲ 电阻式触摸屏的结构

· 电容式触摸屏

如果说电阻式触摸屏是利用压力感应进行操控的话，电容式触摸屏则是利用感应触摸进行操控的。那些戴着普通手套不能使用的屏幕就是电容式触摸屏。电容式触摸屏是利用人体的电流感应进行工作的。手机屏幕上涂有一层能够感应电流的化合物，当手指触摸屏幕时，它就能做出感应。

电容式触摸屏的优点在于只需轻轻触碰，就能操控手机。另外，电容式触摸屏比电阻式触摸屏画面更清晰，因此现在的大部分手机使用的都是电容式触摸屏。

它的缺点就是只有存在电流时才能使用。戴着普通手套或用普通笔都不能操控屏幕，当然了，也可以使用智能手机专用笔或专用手套。

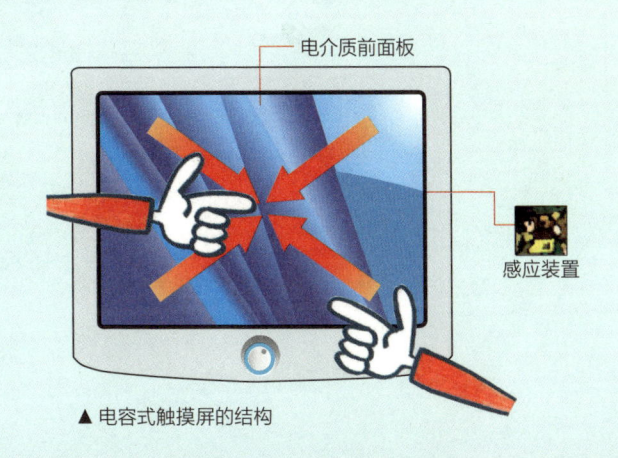

▲ 电容式触摸屏的结构

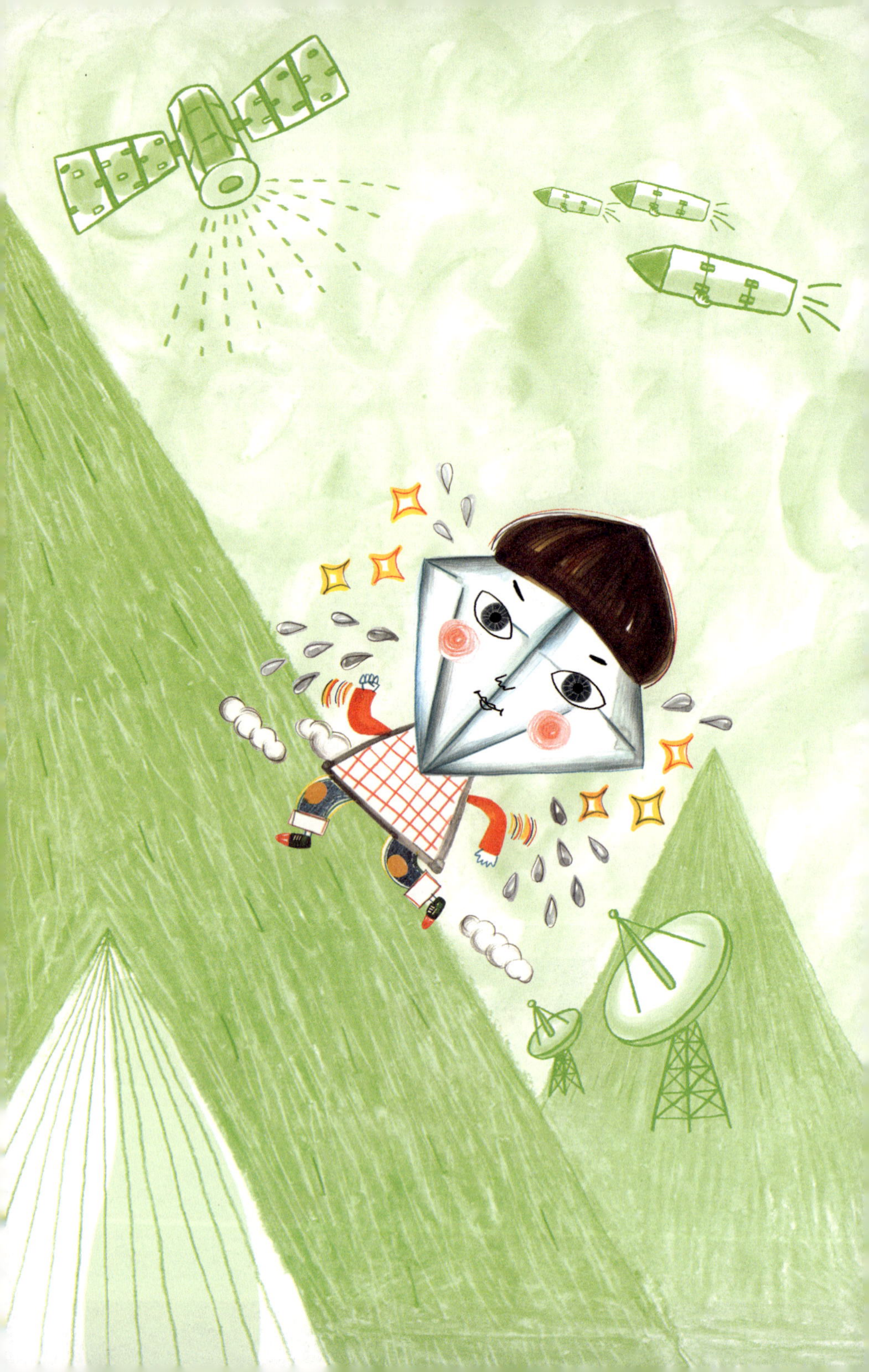

第4章

成为通信工程师的方法

"都潭同学,你找到梦想了吗?"第二天小都潭来到学校后,老师问道。

"找到了,我找到了非常非常好的梦想——我要当制造四次元智能手机的洪大神!"小都潭十分开心地回答道。

老师又听得一头雾水。

"还有这种梦想吗?不管怎么样吧,都潭同学,只是有梦想还不够哟,重要的是怎么实现梦想,梦想是不会自动实现的。"

"啊，没错！啊博士也说了一模一样的话，原来大人们都知道这个道理啊。"

"啊博士？好奇怪的名字……总之，你发言的时候，也要记得讲一讲实现梦想的方法。"

说完，老师就开始讲课了。

小都潭心想："梦想是找到了，可是要实现它，我该怎样做呢？"

下课后，小都潭便找同学问了起来。

"明哲，你不是说你想当歌手吗？那你怎么成为歌手啊？"

"唱歌唱得好就行了呗。"

你以后想干什么？

"只是唱歌唱得好就行了吗?你现在已经开始做准备了吗?"

"……"

明哲没有回答。

"卉莉,你不是说你想当总统吗?当总统需要做什么呢?"

"我觉得需要在很多人面前做好演讲吧。"

"只要做好演讲就能当总统吗?那你现在已经在做准备了吗?"

"……"

卉莉也没有回答。

"晓真,你不是说你想当医生吗?你已经开始做准备了吗?"

"那我现在给你做个手术吧!"

"允英,你不是说你想当演员吗?你已经开始做准备了吗?"

"也不知道为什么,电视台一直没找我,像我这种漂亮的女孩可是很少见的。"

小都潭问遍了所有同学,但是没有一个人知道该怎么实现梦想。小都潭越想越郁闷。

"啊博士说了,梦想不会平白无故实现的,可是同学们为什么都是只有梦想,却不知道怎么做呢?是因为他们都觉得梦想会自动实现吗?可是梦想是不会像电饭煲那样,一按按钮米饭就自动做好了的。"

小都潭想来想去,还是没想出答案,但是他想到了一句话——万事开头难。

一回到家,小都潭马上打开了四次元智能手机。啊博士就像阿拉丁神灯里的精灵一样轻飘飘地出现了。

"啊博士,要想当通信工程师,我该怎么做呢?我真的很想知道现在我能做些什么。"

"不要心急,想要成为赛跑运动员,要擅长什么呢?"

"跑步!"

"想要成为厨师,要擅长什么呢?"

"当然是要做饭好吃喽！"

"那想要成为工程师，要擅长什么呢？当然是要科学学得好了！"

"啊！"

听到这话，小都潭一下子倒在床上，懊恼地叫了一声。

"怎么了？"

"我最不喜欢的就是科学课了，上次考试我只考了50分。"小都潭无精打采地说。

"别担心，我知道一个人，他也像你一样，小的时候科学课成绩并不好，但是后来成了很优秀的科学家。"

"谁啊？"

"制造我的李宗昊博士。"

听完啊博士的话，小都潭的眼睛闪闪发亮，仿佛在黑暗中找到了一丝光亮，小小的脸上露出跃跃欲试的表情。

"小都潭，我来告诉你李宗昊博士成为科学家的秘诀吧，知道了这个，你也能成为很棒的科学家。"

"啊，太好啦，您快告诉我！"

这时，墙面上出现了手机投过去的影像：山野中，一个少年正牵着牛往前走。

"那就是李宗昊博士,他小时候就是这样放牛的。那就是成为科学家的秘诀。"

"放牛吗?我们家太小了,不能养牛呀。"

"不是让你养牛,要想学好科学,就要有好奇心。你看看李宗昊博士的眼睛,他正在好奇地观察周边的一切。"

"科学是一门从好奇心开始的学科,不断发现周边的问题,解决问题。仔细观察身边的事物,试着提出问题,比如:'为什么会出现这种现象?''为什么只能这样呢?'试着培养自己的好奇心。"

"啊,好奇心!有了好奇心,学习也会变好吧?"

"当然了。课本上的科学原理就在我们身边。好好观察生活,就能学好科学。观察石头和土壤,观察昆虫,观察江水和大海,仔细看一看家里吃的水果和蔬菜,写一写观察日记。蔬菜里有茎类植物也有根类植物,白萝卜、胡萝卜是块根类植物,土豆是块茎类植物。"

"啊,我明白啦。"

啊博士边说边打开了一个叫作"李宗昊博士的科学学习法"的小程序,然后半空中出现了一行立体的大字——李宗昊博士的四种学习方法,助你成为科学家。

听李宗昊博士讲

☆ 成为科学家的四种方法

人们讨厌科学通常只有一个原因，那就是大家只通过课本学习，只想把书上的知识死记硬背下来。要是把科学当成一门背诵学科，肯定会觉得非常无聊。科学书那么厚，怎么能都背下来呢？就连我也背不下来呀。科学绝对不是一门死记硬背的学科，它是一门需要举一反三的学科。越是想把科学背得好的人，越觉得它枯燥无聊、困难重重。要牢记，科学其实就在我们身边，它绝不是离我们很远的学科。如果你仔细观察身边的事物，就能学好科学。去仔细看一看天空中的云朵，你就能知道气候和天气。观察花坛里的花，仔细看看花瓣的颜色和特点，这样你就了解了植物。试着去提问"它为什么是这样的？"，带着好奇心去观察所有的自然现象。不断地发现问题并解决问题，这就是科学家的态度，也是实现科学家梦想的实践方法。

听李宗昊博士讲

/成为科学家的方法1/ 带着好奇心看世界!

科学的出发点就是好奇心!只有拥有好奇心才能成为杰出的科学家。旺盛的好奇心是成为顶级科学家的基础。要对眼前的一切事物充满好奇,我们是怎么听到声音的?电视是怎么呈现画面的?电灯泡为什么会发光?……你需要做的就是带着好奇心去观察这个世界。

任何小小的好奇心都不要错过,有疑问就记在小本子上,然后去寻找答案。

一定要去寻找解决问题的答案,这就是成为科学家的秘诀之一。

/成为科学家的方法2/ 寻找生活中的科学原理

> 要想成为科学家,就要养成观察的习惯。
> 现在的孩子都在课本上学科学,我那时候都是从山上、从田野里学习。我是在乡下长大的,所以从小就接触过很多植物和动物。你也可以亲手种一种西红柿、小辣椒、白菜这些植物,埋下种子后,仔细观察种子发芽的过程,等它们成熟了,可以尝一尝自己种出来的东西。还可以养一养蜗牛、蚯蚓、小青蛙、小金鱼,或者养一养蜻蜓、果蝇,看一看小青蛙喜欢吃什么,蜗牛的卵长什么样子。不要敷衍了事,仔细观察它们的颜色、形态,闻一闻它们的味道。要有实验精神!课本上的知识点都可以拿到现实生活中来验证。

> 真正做一次实验的话,应该就不会忘记那些知识点了。

听李宗昊博士讲

/成为科学家的方法3/ 做好科学笔记

做好实验观察笔记也就是做好了科学笔记,把观察结果或是实验结果记在本子上。这种方法使用得好的话,学习科学就会更加有趣。要把学校里学到的知识都记在这里,也可以画图或者画表格,让复杂的知识一目了然。

写科学日记也是在做科学笔记。日记就是记录一天内发生的事情,科学日记可以记录一天内学到了什么新的科学知识,或是遇到了什么新的问题。

也可以写科学书或者是科幻电影里的东西吗?

当然了,好好记科学日记,你就已经向科学家迈出第一步了。

|成为科学家的方法4| 书是科学家观察世界的窗户!

无论你怎么努力,也不可能走遍世界的每一个角落、体验世上的一切事物,但是书可以帮你实现。书是科学家观察世界的窗户,多读书,你的眼界也会发生变化。书能够培养你的整合能力,让你把零碎的知识点串成一条线。或许别人只能看到一棵大树,而你能看到整片森林,别人纠结于细小问题,而你能够解决宏观上的大问题。所以,如果你想成为科学家,不要只读科学书,还要多多阅读其他种类的书。

啊哈!这样做就能更加了解这个世界,科学也就学得更好了吧?

"小都潭,你看看这个。"

啊博士的手里攥着一些东西——一只手里是石头,一只手里是钻石。

"你知道石头和钻石的区别是什么吗?"

"我今年都10岁了,当然知道啦。石头不值钱,也没什么用处;钻石非常贵,是每个人都想要的宝石。"小都潭自信满满地说道。

"没错,钻石是最美丽、最昂贵的宝石,石头和它截然相反。但是钻石最初的样子,也就是原石,和石头几乎差不多,一般人都区分不出哪个是石头,哪个是钻石。原石要经过加工打磨后才能变成钻石。"

小都潭在脑子里仔细琢磨着啊博士的话。

"你觉得你是石头还是钻石?"

"我怎么可能是钻石呀?万一有人把我卖了怎么办?我睡着的时候,有人把我偷走了怎么办?"

"我不是这个意思!哎哟,真发愁呀。"啊博士用手一下一下地捶着胸口,郁闷地说道。

"不是钻石,那我就是石头吧……"

"也不是这个意思!每个人都会跟石头和钻石有相似

的地方。李宗昊博士一开始也觉得自己是石头，但是他心中藏着像钻石一样闪烁的梦想。这就是李宗昊博士最后能够像钻石一样闪闪发光的力量源泉啊。小都潭，你以后要像石头那样活着吗？像石头那样被丢在路边，任谁都可以踩一脚吗？"

"不要，要是没人来偷的话，我也想变成钻石。"

"那你也要拥有像钻石那样耀眼的梦想。如果你朝着梦想不断努力，以后就会变成钻石；不然的话，就会变成石头。"

听到这里，小都潭心想：我也要成为钻石，发出耀眼的光芒。

啊博士仿佛听到了小都潭的心声，他说："如果你心里不愿意，再好的父母和老师也不能把你培养成钻石，只有你能让你自己变成钻石。石头也不是光凭嘴上说说就能变成钻石的，石头要想变成钻石，需要经历很多痛苦，要被打磨机敲打、磨砺，迸出火花。人也一样，要想成为钻石一样闪闪发光的人，就要经历磨难。不能只想着过得舒服，要学会拒绝诱惑，不怕一切困难。小都潭，你能做到吗？"

"可以，我能忍住，我要努力实现梦想！"

不知道为什么,小都潭有点儿想哭,说话也带了哭腔。

"很好,你现在已经在变成钻石的路上了。如果你想成为成绩优异的好学生,就要每天竭尽全力好好学习,为了实现梦想,就要经受千锤百炼。"

小都潭坚定地点了点头。

"小都潭,你准备好变成钻石了吗?"

"我准备好了!"小都潭大声回答道。

第二天来到学校,同学们都围在一起看允英的最新款手机,嘴上还哇哇地赞叹着。小都潭从同学们中间穿过,走到自己的位置。

明哲在玩手机游戏,手指不停地在屏幕上点呀点。明哲的游戏人物正在石头上跳跃,突然电光一闪,怪兽呼啸而来……只是在旁边看着就已经很惊险刺激了。明哲的人物好不容易躲过了一劫,却被隐藏在桥下的怪兽一口吃掉了。

"呃啊!"

明哲生气地攥起拳头捶了一下桌子,脸憋得通红。

"拜托拜托,让我玩一次吧,就一次!"

我要变成钻石！

"允英，让我玩一次吧，我们两个关系最好了！"

同学们都伸着小手跟允英要手机，看起来就像一群乞讨的乞丐。小都潭也很想玩游戏，但他不想向牛气哄哄的允英张口。即使张口要了，允英也只会说他是撒谎精，肯定不肯借给他玩。

明哲因为游戏打输了很生气，他双手握着拳头，好像谁要是敢招惹他就要揍谁一顿似的。

这时老师走进了教室，允英赶紧把手机藏了起来，同学们也都呼啦啦全都跑回了自己的座位。

老师在前面讲课，但同学们都趁着老师不注意，时不时地看向允英，给她递眼神或是打手势——央求允英给他们玩一次手机。他们的心都飞到了手机游戏里，都想快点儿下课，赶紧玩一局游戏。

"怎么回事，你们今天怎么注意力这么不集中，眼神都飘了，也不好好看课本。都给我打起精神来！"

虽然老师提出了批评，但同学们还是只想着游戏。老师也不知道同学们这种状态是因为允英的手机。同学们的心好像被施了黑暗魔法。

后来明哲还出现了一些奇怪的症状：他就像在玩游戏一样，手指在桌子上点来点去，眼睛滴溜溜地转，有时还会手里举着餐盘跑来跑去，说要去打小怪兽。这些大概都是玩游戏玩输了的后遗症。

放学后，同学们也都跟在允英屁股后面走，允英过马路，他们也跟着过马路，允英去游乐场，他们也跟着去游乐场。

小都潭远远地跟在他们后面，孤零零地看着他们的背影。

走到公园，小都潭跑到角落里，叫出了啊博士。

"啊博士，我也想玩游戏，您是四次元智能手机，肯定有比允英手机里的更好玩的游戏吧？快拿出来给我玩玩！"

"哎呀，真是太过分了，我都不知道该说什么了。"

啊博士脸上露出无语的表情。而小都潭觉得更无语。

"智能手机肯定有几个游戏吧？"

"我这里就没有！"

"不可能，快点儿给我玩游戏，我想玩游戏都想了一整天了！"

小都潭甩着胳膊,朝啊博士闹了起来。

"我是为使用者量身定制的,就像科普作家艾萨克·阿西莫夫曾提出了'机器人三大定律',制造我的李宗昊博士也提出了'四次元智能手机三大定律'。"

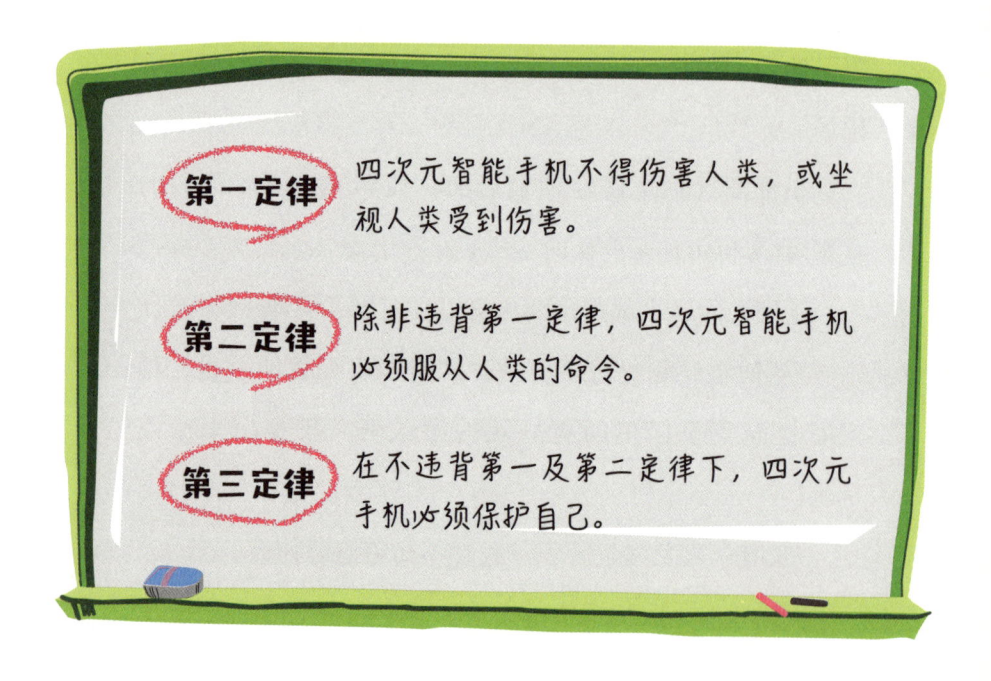

第一定律 四次元智能手机不得伤害人类,或坐视人类受到伤害。

第二定律 除非违背第一定律,四次元智能手机必须服从人类的命令。

第三定律 在不违背第一及第二定律下,四次元手机必须保护自己。

"那我按照第二定律下命令就好啦,快点儿给我玩游戏!"

"不行,这个命令违背了第一定律,游戏对人类有害,我不能执行。"

"啊,这是什么智能手机啊,一点儿都不智能。"

"李宗昊博士说过,智能手机要符合伦理要求,应该保护人类,引导人类走向正确的道路,不能无条件地遵从人类的命令。"啊博士严肃地说。

"游戏的害处哪有那么大呀?"

小都潭还是不服气。

"看来得带你来一次时空穿越了,去看看你的未来。"

"还能带我去未来吗?哇!那一定比玩游戏还有意思吧?"

"你忘了我是四次元手机了吗?你们现在用的手机只能在三维空间通信,而我可以穿越时间和空间。我可以制造出虚拟场景,让你看一看如果一直沉迷游戏,你的未来会变成什么样子。来,闭上眼睛吧!"

小都潭按照啊博士的话闭上了眼睛,这时,眼前神奇地出现了画面,就像做梦一样。

画面中出现了一辆流光锃亮的高级轿车,车门打开,一个穿着帅气西服的男人走了下来。

"那个人是未来的我吗？跟我长得有点儿不一样啊，看起来挺有钱的嘛。"

小都潭露出了得意的微笑。

这时，又突然冒出来一个男人，他穿得邋里邋遢，正在擦着那辆高级轿车的玻璃。擦完后朝着西装革履的男人伸出了手说："行行好，就给我一块钱吧。"从车上下来的男人皱了一下眉，从口袋里掏出了几个硬币扔了出去。硬币在地上骨碌碌地滚着，乞丐追着滚动的硬币跑去。这时，不知道又从哪里冒出来了许多乞丐，他们也追着硬币跑来跑去，捡到硬币的乞丐开心地咧开了嘴，拿着硬币掉头就跑向了游戏厅。

"这些乞丐怎么有点儿眼熟啊？"

小都潭仔细看了看那些人的脸，原来那群捡硬币的乞丐正是自己的同学们。

"那不是允英吗？还有那个，那个是明哲，旁边的是卉莉，还有晓真……"

乞丐当中最邋遢的就是小都潭自己了。

"天哪！我居然成了乞丐，而且还是乞丐中的乞丐。"

游戏厅里，小都潭和同学们一起玩着游戏，那沉迷的样子和今天明哲玩手机游戏时一模一样。

"我不要！这不是真的！"

小都潭尖叫出声，一下子睁开了眼睛。

一睁开眼，未来的画面也消失得无影无踪。

"刚才看到的真的是我的未来吗？"

"当然不是真的，这只是根据你现在的状态预测出来的未来。"啊博士回答道。

"哎，幸好不是真的。"

"但是根据我的推测，你有 86.7843% 的可能性会因为游戏中途退学，找不到工作，因为沉迷游戏，把父母留给你的财产挥霍一空，最后露宿街头。打个比方，未来的你就像漂泊在汪洋大海之上，海上电闪雷鸣，风雨交加，而你能依靠的只有一块破木头，身边还游着一群饥饿的鲨鱼。"

小都潭渐渐严肃了起来，他脑海里一直浮现出刚才看到的乞丐，还有几天前看到的那个漂浮在大海上的自己。

"那我该怎么办呢？我该怎么做呢？我也有梦想呀，我要成为智能手机之王，我要当洪大神！"

"哼！你以为梦想会自动实现吗？你以为梦想是自动洗衣机吗？能自动清洗，还能自动甩干？有了梦想就能成功了吗？"啊博士双手抱胸，严肃地反问道。

"那我该怎么办呀？四次元手机不是可以为了主人奉献一切吗？快点儿告诉我实现梦想的方法吧。"

"好吧，但是得事先说好了，有困难你也不能放弃。"

"我一定做到！只要不让我当乞丐，以后我再也不装

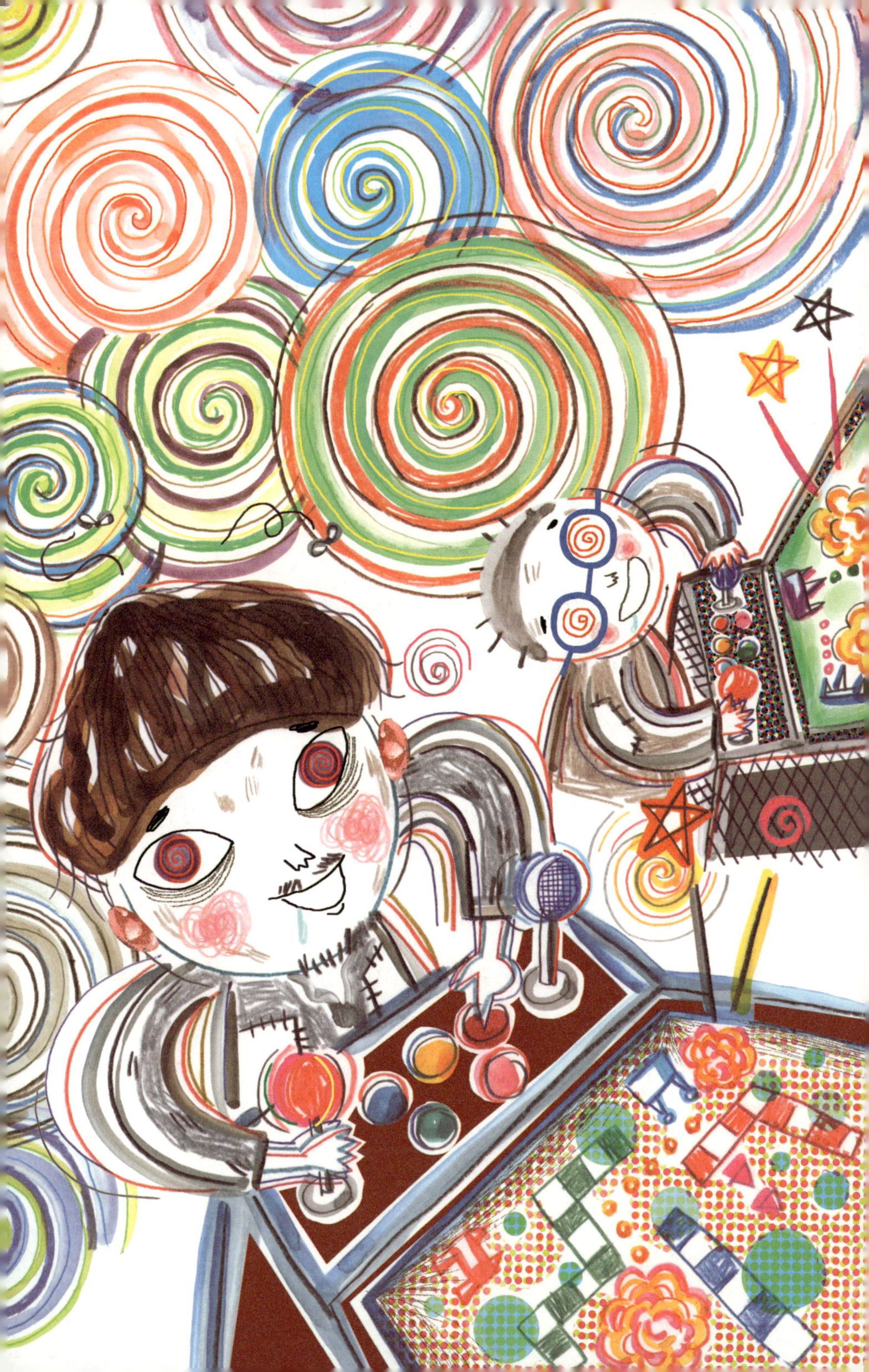

病了,九九乘法表我也要背下来!"

小都潭伸出三根手指,坚定地发了誓。

"哎哟喂,不错不错,把我都惊到了!"

啊博士的脸上出现了光彩,闪闪发光的彩虹光环围绕在他的身边。

"因为你下定了决心,所以你的未来也开始发生变化,现在,你的未来不再是乞丐了,而是比起吃美食更喜欢搞研究的博士。"

小都潭再次闭起了眼睛,眼前出现了新的画面。画面里出现了一间研究室,研究室里放着很多高端设备,研究员们穿梭在这些设备当中,忙得不可开交。

"要想实现梦想,需要有非常具体、非常明确的目标。也就是说,要知道实现梦想具体应该学习什么,以后可以做什么工作。"

"所以您才带我来工程师研究室参观的吗?"

"没错。工程师分很多种,有建筑工程师、环境工程师、遗传分析工程师,还有生命学工程师、机器人工程师、通信工程师……你想当哪种工程师?"

"我想当智能手机工程师!"

91

听李宗昊博士讲

什么样的职业可以开发智能手机?

有一种开发智能手机通信设施的职业叫作"通信工程师"。

通信工程师就是开发、设计信息通信网的人,他们搭建通信网,提高通信质量。通信工程师并不只开发智能手机,他们的研究领域非常广,包括研究、维护、检测电话、传送器、收发器等各种通信设备。

想要成为通信工程师,就要上大学学习信息与通信工程专业、传媒通信工程专业、计算机信息通信工程专业或者电子工程专业。要想成为专家,还需要考取通信技术的职业资格证。这需要你好好学习。通信工程专业研究的不只是移动电话,还包括设计雷达,研发测向仪,研究卫星通信等尖端设备。

简单来说，通信工程专业的未来一片光明。

哇，我的未来也一片光明啊！

好神奇啊！

听李宗昊博士讲

通信工程师需要具备什么能力?

并不是只要学习好,就能当通信工程师。很多时候,通信工程师是需要很多人的帮助的,需要和其他人协作才能完成工作,所以团队合作精神很重要。要想成为通信工程师,就不能只坚持自己的看法,还要耐心倾听别人的意见。除了这些,还需要有很强的责任感,学会处理好人际关系,挖掘开发顶级系统的能力,不断积累解决和分析问题的能力,还要培养创新力、判断力,并且做事要严谨认真。

从今天开始,我就要严谨认真起来!

95

听李宗昊博士讲

想成为通信工程师，需要怎么做？

要从小就拥有很强的好奇心，多学习数学和科学，积极参加科学竞赛。也可以参加一些科学夏令营，在那里做一些实验，还可以多去看一看科技展览会。

想要学好数学和科学，需要有耐心，学习要有韧性。这两门学科都是以规律和原理为基础的学科，一开始要打好基础，准确掌握规律和原理，脚踏实地地走好每一步。

升入大学后,选择信息与通信工程专业,就能进一步学习更多知识了。大学毕业后可以去研究所、企业,或者去大学的研究部门工作。

那我以后就叫"洪研究"吧!

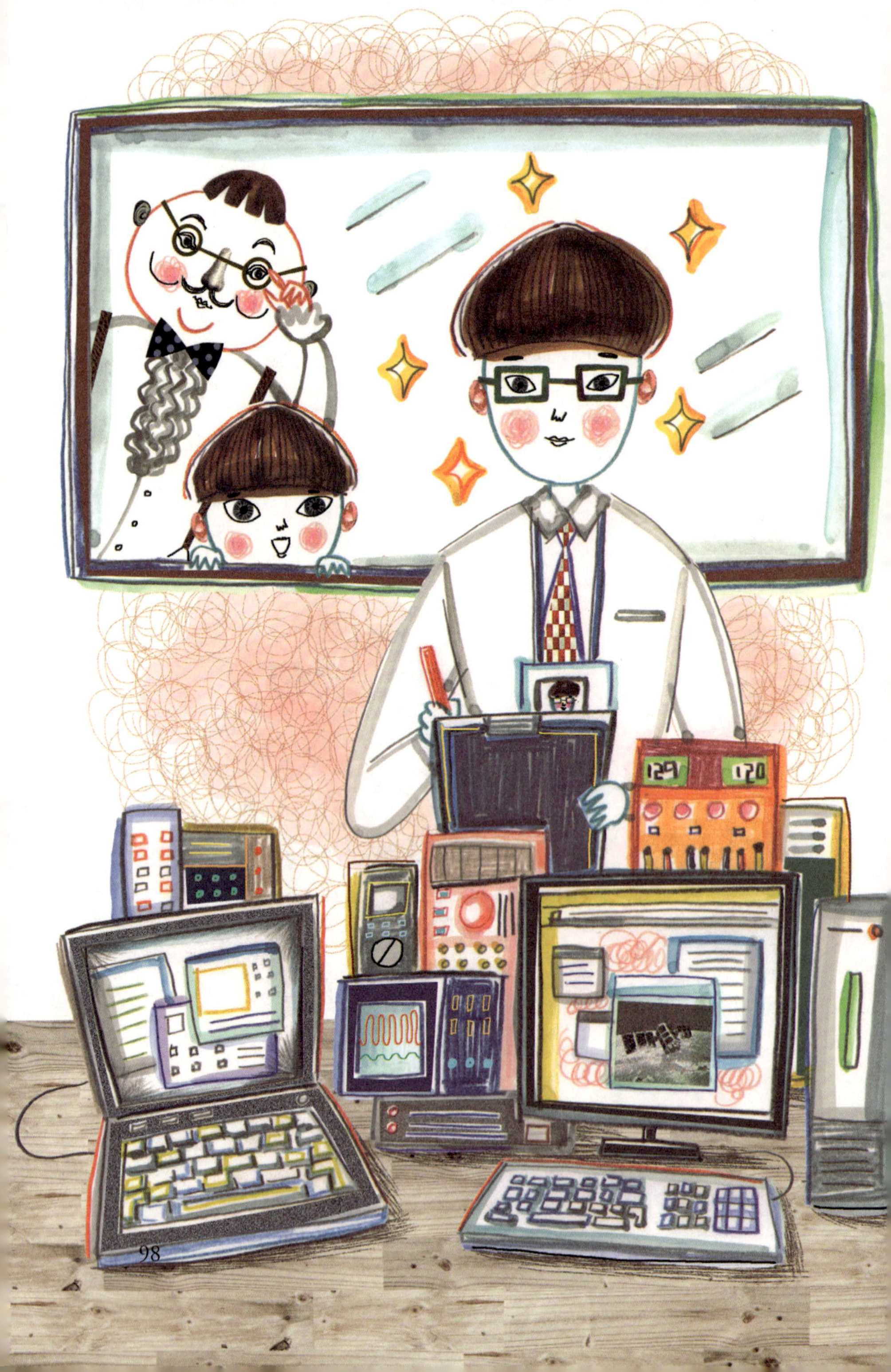
129
120

小都潭面前出现了自己未来的样子，未来的他正在研究室里开发更高级的智能手机。他脖子上挂着一个工作牌，上面写着：研究员·洪都潭博士。透过眼镜，可以看到未来的洪都潭眼里有光，他专心做研究的样子真的非常有魅力。

"这就是我的未来呀，我一定要一直朝着这个方向努力，再也不会动摇了！"

小都潭感觉自己的心脏正在扑通扑通地跳动。他已经踏上了通往美好未来的路。

什么是手机软件？谁发明了手机软件？

手机之所以能够智能化，是得益于手机软件。我们会在电脑上安装电脑程序，比如 PowerPoint、Word 或者是电脑游戏。手机也像电脑一样，能够安装程序。智能手机安装的程序叫作手机应用软件，缩写是 App。

我的智能朋友们！

1. 谁发明了手机软件？

　　如果没有软件，智能手机就不会发展到现在这个程度。手机软件越发达，智能手机也就越发达。只要安装了相应的手机软件，就能搜索出行路线、预计公交车和地铁什么时候来，还可以玩游戏、和朋友对话、看电影。据说，目前手机软件多达数千万个，每天还有数不清的新软件被开发出来。这么多软件是谁发明的呢？答案是——全世界各个国家的人。就好像人们制造出东西后会拿到市场上卖，手机软件也是一样的，人们开发出手机软件后，会把它放在应用市场上，这样，需要的人就会把它下载下来使用。

2. 手机软件是免费的吗？

电脑程序既有收费的，也有免费的。手机软件也一样，有的需要付费使用，有的免费。手机软件的价格是由开发者规定的。一般来说，从几元钱到几千元不等，贵的甚至可以卖到几万元。我们通常在应用市场或应用商店中搜索想要下载的应用软件。那么为什么有的手机软件是免费的呢？因为软件中可以植入广告，卖家靠广告也能获得收益。

3. 手机软件是通用的吗？

由于苹果手机和安卓手机的操作系统不同，安卓手机上的软件不能在苹果手机上使用；同样，苹果手机上的软件也不能在安卓手机上使用，所以开发人员会将软件制作成两种版本。

◀ 安卓手机的应用市场

◀ 苹果手机的应用商店

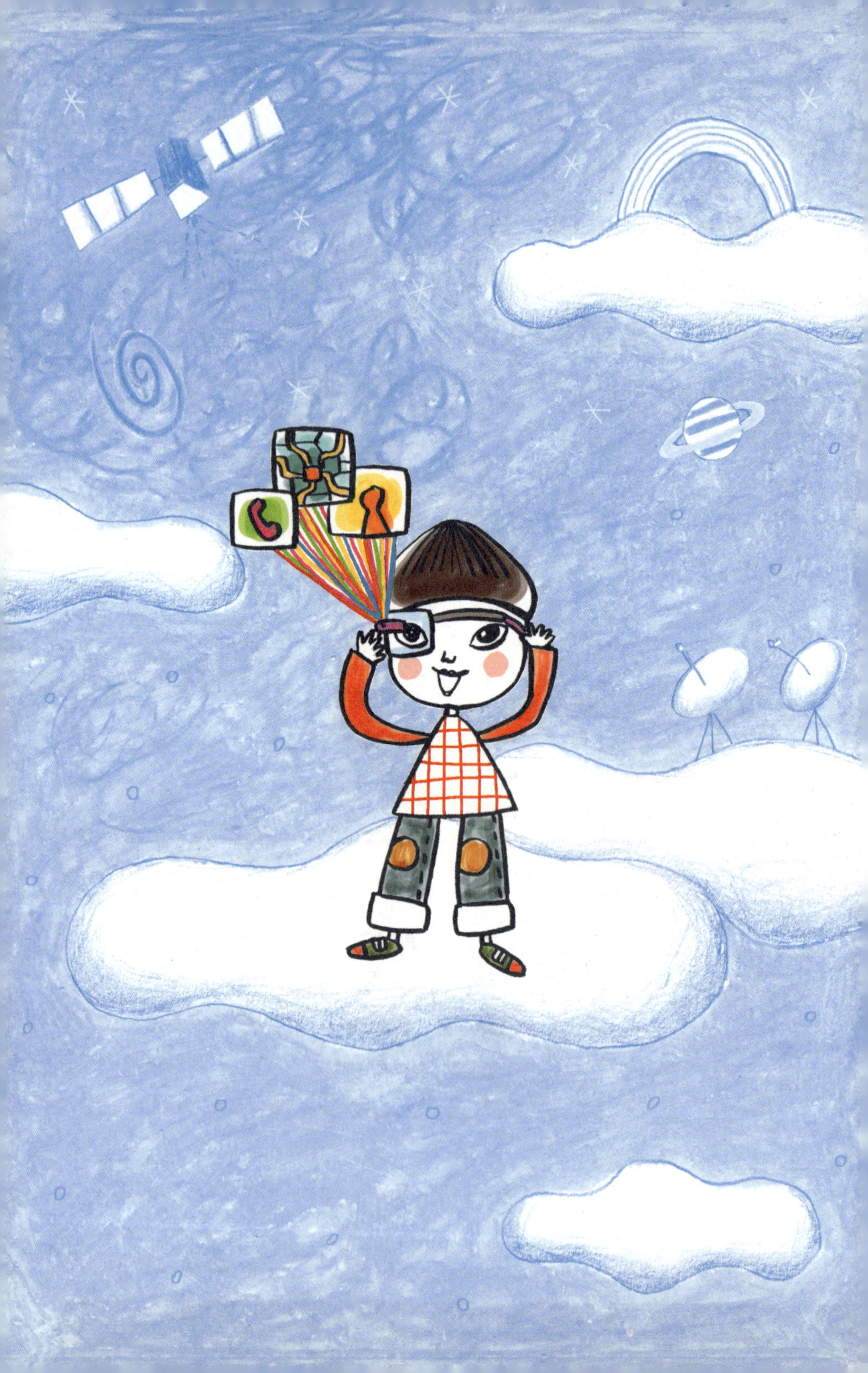

第 5 章

我们是小小通信工程师！

最近，大家都觉得小都潭很奇怪，因为他突然变得和以前很不一样。

早上，四次元智能手机闹钟还没响，小都潭就睁开了眼。

"小都潭，怎么这么早就起来了？"妈妈惊讶地问道。

"我想早点儿去学校。"

小都潭边说边收拾着上学要带的东西。

"今天怎么这么想去学校？"

"上学很有意思，现在老师的话我都能听进去了，而且听了一遍就不会忘了呢。"

回到房间，小都潭看着镜子里的自己，他感觉自己的脸上光彩照人，脸上虽然没什么变化，但是突然觉得自己变帅了。他又量了一下身高，明明没有长高，为什么感觉自己长大了呢？心里很充实，明明没有读很多书，但是觉得自己长了很多特别的知识。小都潭觉得自己已经快成为洪都潭博士了。

"这都是因为你拥有了梦想。"这时啊博士说。

"有了梦想就能马上变得不一样了吗？"小都潭摸着自己光彩熠熠的脸蛋问道。

"当然了，人一旦有了目标就会发生改变。你知道这是什么吗？"啊博士抬起手指着一个东西问道。

"这不是指南针吗？"

"没错，梦想就是指南针，在你很迷茫、不知道该往哪里走的时候，它就会指给你正确的方向。"

"那我为什么感觉自己变成大人了呢？"

"朝着梦想前进的人，即使他的年纪很小，也不会再像小孩子那样偷懒耍赖了。梦想让人成长。"

"哟吼！那我也要朝着梦想前进！二二得四，二三得六，二四得八……"

"怎么突然背起九九乘法表了？"

"您也知道，我还没背下九九乘法表呢。特别是7的乘法和8的乘法，怎么记也记不住，脑子就像吃了一整个洋葱一样。我可是洪大神，万一我不会背九九乘法表的事被别人知道了……啊，太丢人了，我都想躲到老鼠洞里去了。"

"我搜索了一下,地球上没有能让你钻进去的那么大的老鼠洞。小都潭,不会背乘法表也不用这么绝望。就是把整个课本都背下来,也不能代表你就是天才。据我了解,有些天才在学校学习不好,但照样改变了整个世界。"

小都潭认真地听着啊博士的话。

"还有这样的天才吗?是谁呀?"

"嗯……稍等,我把他叫来。"

啊博士朝着手机喊道:"乔布斯先生,乔布斯先生,您在吗?"

不一会儿,手机就嗡嗡地震动了起来,出现了一个人的全息影像。那是一位外国人,脸上有硬硬的胡子,身上穿着黑衬衫,配着牛仔裤和运动鞋,穿着很普通,好像刚从家里出来的样子。

"谁叫我?我正在和新上市的安卓手机比赛呢。"

"您别假装很忙的样子了,我知道您一点儿都不忙。"

啊博士拉住了乔布斯的手,转头向小都潭介绍道:"这位就是史蒂夫·乔布斯,凭借着'被咬了一口的苹果'征服世界的传奇人物。他带领团队研发的 iPod、iPhone、iPad 被称赞为打开了新互联网时代的大门。他还推动了动画电影《玩具总动员》的制作。"

"啊！我看过那个动画电影，看完了我就总觉得我家的玩具也会在我不注意的时候动起来。"

一旁的乔布斯满意地点了点头，然后他在小都潭的耳边悄悄地说道："别怕，啊博士是四次元智能手机的全息影像，我是真实存在的人。"

"怎么可能，您肯定也是全息影像。"

"人们都以为我死了，其实我只是失去了自己的肉体，我已经把自己的大脑进行了数字化转换，然后把它和互联网连到了一起。现在我的灵魂可以在互联网中自由穿梭。"

小都潭呆呆地望着乔布斯，他不是不相信乔布斯说的话，而是完全没有听懂。

这时，啊博士在一旁敲响了竞赛的钟声。

"叮叮叮，我宣布，头脑对战正式开始！选手洪都潭对战史蒂夫·乔布斯！"

"呵呵呵，这是让我和这个小家伙比赛吗？我可是智能手机界的传说、智能手机革命的偶像啊。"

史蒂夫·乔布斯扑哧一声笑了。

"挑战项目,九九乘法表!"

"啊!"

史蒂夫·乔布斯叫了一声。

"您不会是没有信心吧?您可是传说中的天才啊!"

"当然……当然有信心了……"

"第一道题,七乘以七得几?"

"四十三!"小都潭喊道。

"啊……真遗憾,我本来也想回答的,一走神就……"

史蒂夫·乔布斯微微颤抖着说。

"各位,七七四十九呀。"啊博士无语地说道。

"再出一道,我这次一定能答对!"

"我也是，快出题吧。"

"第二题来啦，八乘以八得几？"

"……"

"六十三！"小都潭又喊道。

"啊哈，你答得不错嘛，我这是让着你呢，其实我也知道答案。"

"乔布斯先生，八八得六十四。"

"啊，是吗？"

乔布斯的脸一下子就红了。

"以后两位就用这个方法背乘法表吧。"

"看来您真的学习成绩不好呢，那您是怎么变成开发手机的天才的呢？"小都潭充满好奇地问道。

史蒂夫·乔布斯说："我上小学的时候基本没去过学校，因为讨厌学习。直到四年级时，我碰到了一位非常好的老师，他改变了我的人生。后来我才知道创新能力是多么

的重要!"

史蒂夫·乔布斯边回想边说:"背好九九乘法表的确有必要,然而把课本全都背下来的记忆天才能在考试中表现出色,但他不一定能创造出新的东西。他们可能只是会考试的考试机器罢了。"

未来的梦想靠创新能力实现!

"在产业和技术还没有这么发达的时代,背诵知识、熟悉技能非常重要,所以记忆力好、手巧的人能够受到认可。那个时候,很多人都去补习班专门学习珠算、学习打字和记录、学写好钢笔字。

"但现在时代不同了,产业和技术都非常发达,几乎没有人专门跑去学习珠算,也没人去学打字、记录了,因为这些电脑都可以代替完成。有想要知道的东西,上网或者翻书都能找到,把知识分门别类整理好的书太多了。所以现在能够深度理解原理、创造出新事物的人比只会背书的人更重要。当今社会,杰出的人不是那些仅仅只是记忆力好、技术强的人,而是具备超强创新能力的人,是能提出好想法的人。"

"什么是创新能力?"

"创新能力就是提出新想法的能力,你也有这种能力。"

"什么是提出新想法的能力?我们身边有什么样的创新?"

"世界上的所有东西几乎都是创新得来的!"史蒂夫·乔布斯展开双手说道。

"嗯,那是什么意思?"

"就是说,世界上的所有东西都是由创新能力制造出来的。如果没有创新,我们就不会像现在这么幸福,生活也不会这么便利了。"

"这么厉害吗?"

"当然了!我们现在看的电视、电脑、手机,还有汽车、音乐、照片、电脑游戏、游戏机等都是靠创新制造出来的。金字塔、轮子、阿拉伯数字、汉字……世界上的所有文明都是人们发挥创新能力创造的。"

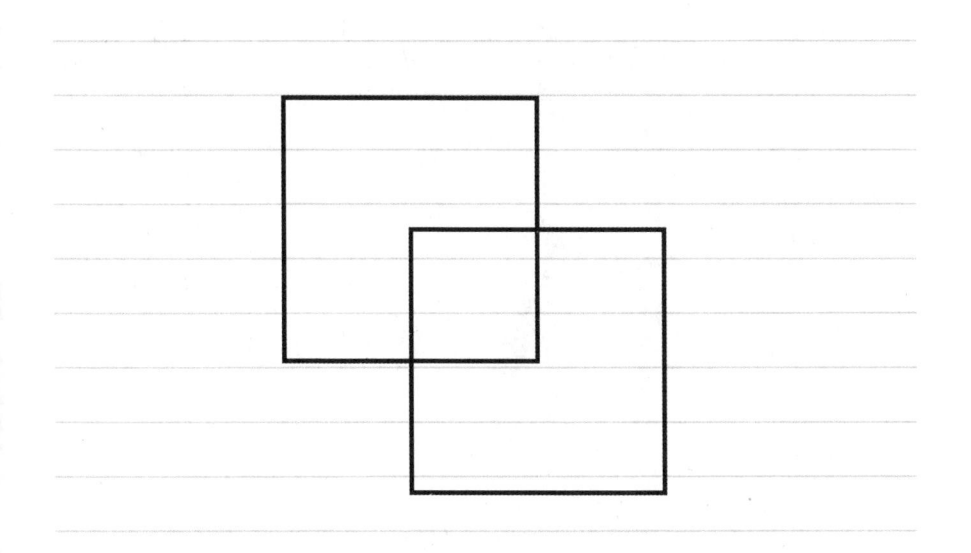

"你看看这幅图。这幅图是由两个图形组成的,是哪两个图形呢?你想的是下面这两个吗?"

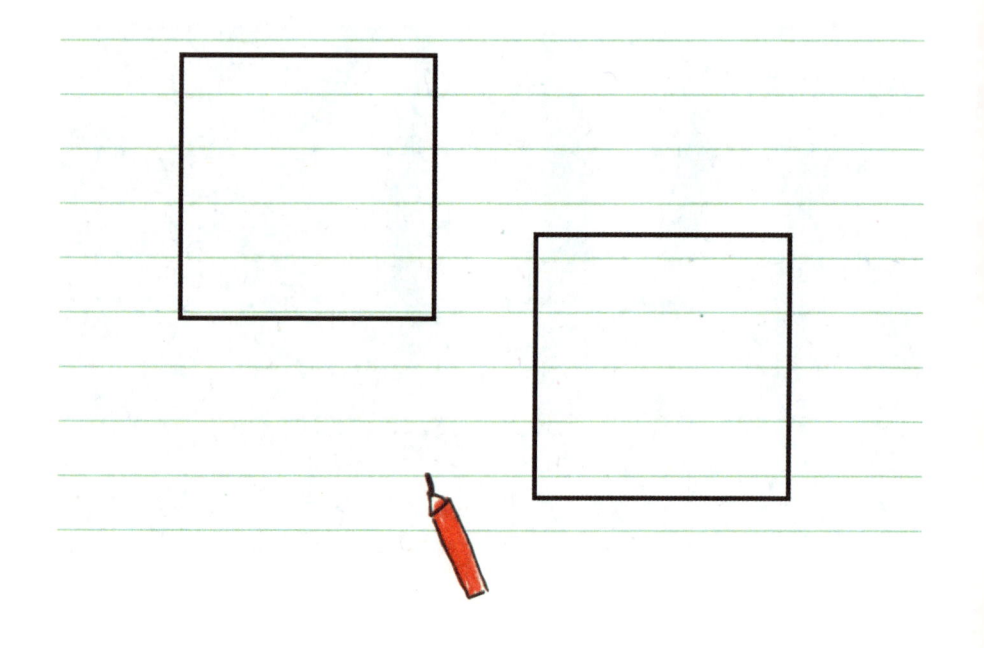

"如果你想的就是这两个,那就说明你不够有创新力。因为这个答案谁都能想到,创新能力就是要提出新的想法。就像下面这个答案一样。"

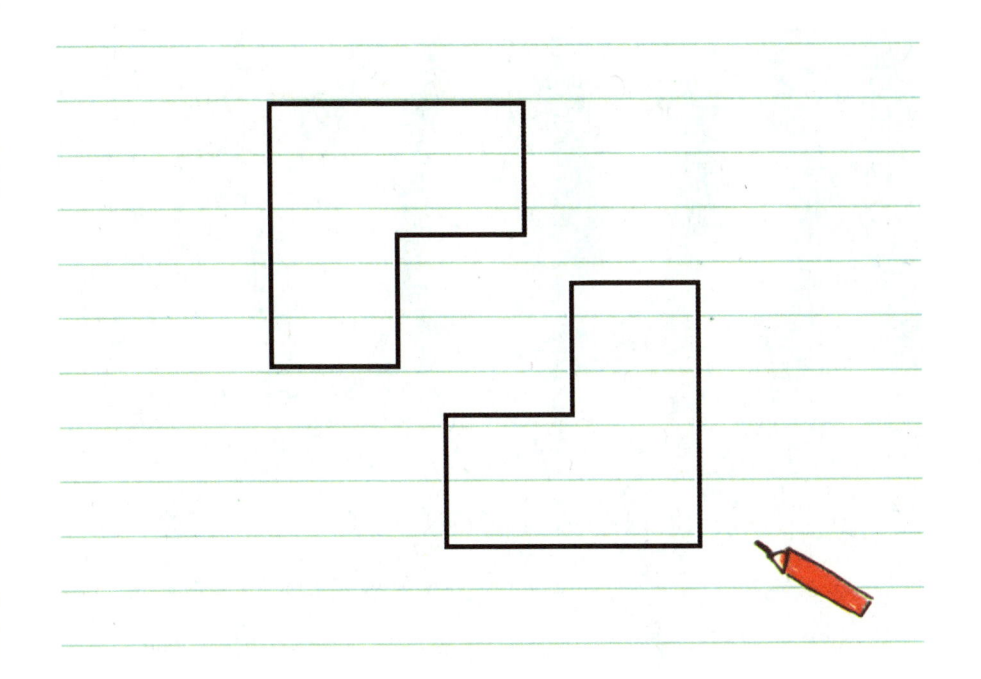

"啊哈!"

"现在你懂了吧?要从不同的角度看这个图形,带着创新力看这个图形,是不是不一样了?不是两个正方形重叠在了一起,而是这两个形状的图片拼接在了一起。"

科学家为什么需要创新能力呢?

"小都潭,你的梦想是什么?"史蒂夫·乔布斯问道。

"通信工程师!"

"那就要有很强的创新能力了。通信工程师需要知道很多很难的数学公式,还要知道很多很复杂的科学知识,但并不是说只要把这些东西背得滚瓜烂熟就能成为优秀的科学家了。把其他科学家的研究成果都背下来,也不能成为优秀的科学家。杰出的科学家要知道怎么创造出新的科学。"

史蒂夫·乔布斯指着电脑说:"你看这个电脑,它非常擅长记忆,储存过一次的东西,只要不出故障,就绝对不会丢失。电脑比人算得更快、更准确,绝对不会出错,但是它只会记忆和计算,不会用新的办法解决问题,没有独自思考的能力,它只能做人类提前设置好的事。你知道电脑永远也比不过人类的东西是什么吗?"

"是创新能力吗?"

"没错！就是创新能力，人一旦没了创新能力，就和没有思想的电脑没什么差别了。"

"那有了创新能力，考试就能考好吗？就能一下子想出对的答案吗？"

史蒂夫·乔布斯摇了摇头："不能。你在学校里学的只是怎么得出正确答案，只要写出正确答案，就能得高分、被老师表扬。你知道培养创新能力最大的阻碍是什么吗？就是一定要得出正确答案的固定思维。"

"得出正确答案不好吗？考试的时候就应该写正确的答案呀，不然会得大零蛋的！"

"小都潭，如果没有正确答案怎么办？你觉得这世界上所有的东西都有正确答案吗？很多问题都没有正确答案，举个例子，假如有一个苹果，你能想到什么吃法？"

"削着吃，榨成汁吃，晒干了吃，还可以烤着吃、蒸着吃。"

"这些方法都不错，我们有无数个吃法，不能说哪一个是正确答案。总是想得出正确答案的人，很可能就想不出新的办法了，他们只能想到两三种吃法，用刀切开吃、直接吃或者用勺挖着吃。人一旦坚信所有东西都有正确答案,思想就会被束缚住,永远也不会想出新的点子。"

"啊!是这个意思啊!"

"一心寻找标准答案的人不可能拥有强大的创新能力。只会解答有标准答案的问题的人,可能解决不了没有标准答案的问题。如果你只回答有标准答案的问题,等你长大了,那些没有标准答案的问题怎么办?它们很可能比有标准答案的问题要多得多呢。"

"那什么是真正的天才呢?"

"天才不是脑子好,而是能够想到别人想不到的东西。大脑是越用越灵活的,就像做运动能够强身健体一样,要想拥有更多想法,就应该给大脑做一些'体能训练'。"

史蒂夫·乔布斯又出了一道题。

"你试试把这个正方形分成3个图形,要求3个图形形状、大小一模一样。"

小都潭觉得这个问题一点都不难,他马上拿起铅笔画了起来。

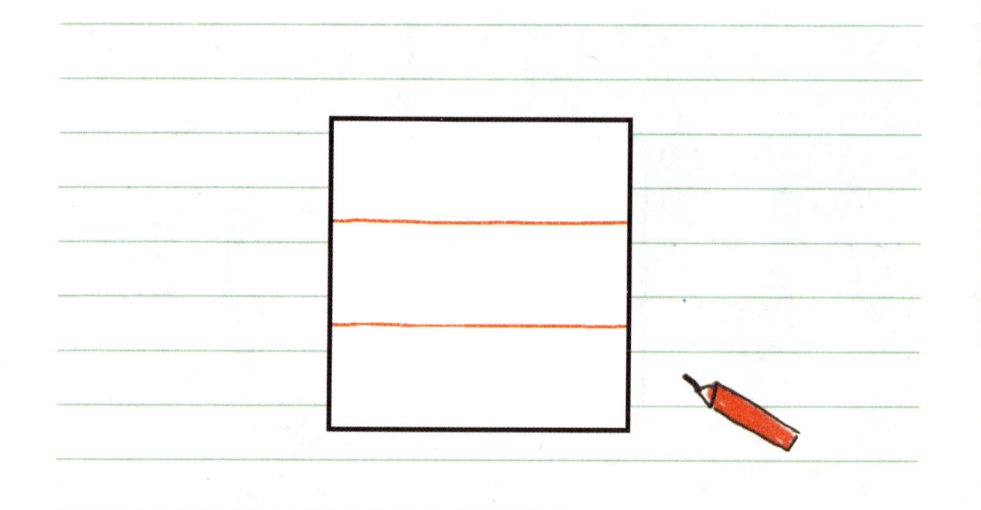

"简单吧?要是连这个问题都不会答,证明脑子已经锈住了,但是即使这样也别灰心,大脑是越用越灵活的,越用越能创新。接下来我提升一点问题难度。

把这个正方形分成4部分,同样,每个部分要一模一样。答案有很多个,不止一个哟。想出的答案越多越好,越是想得多,越有利于培养创新能力。"

小都潭拿起铅笔画了起来。

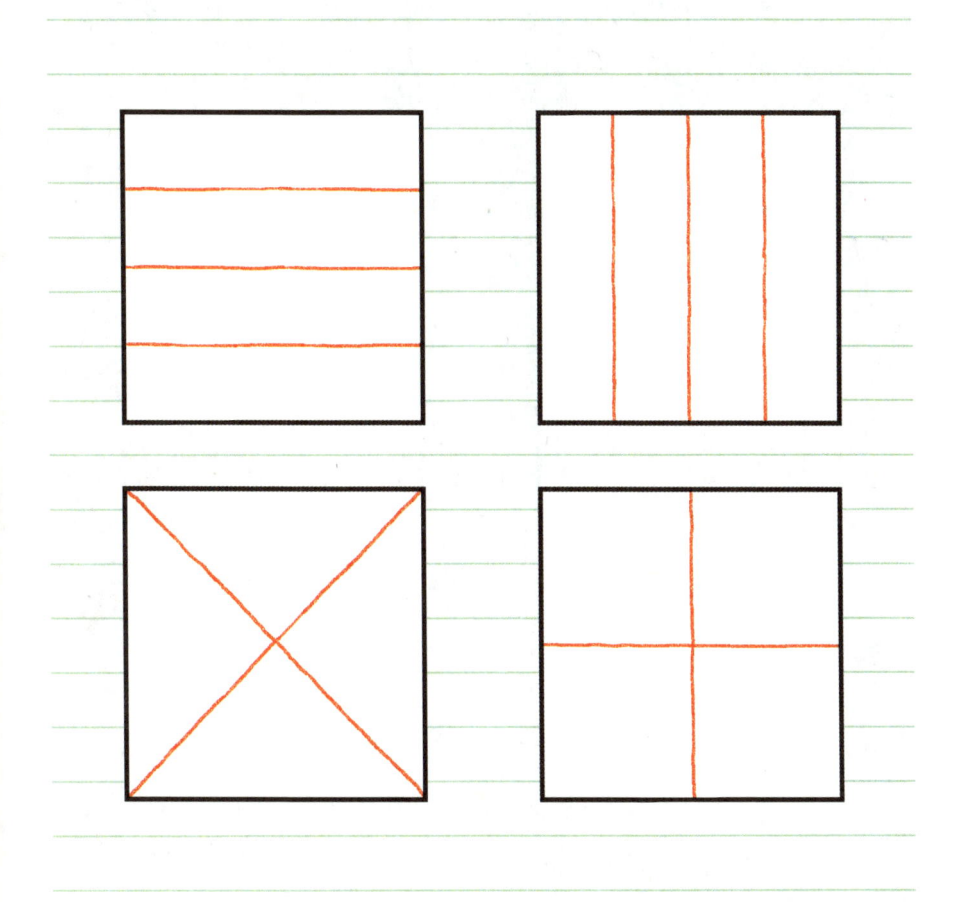

他想出了 4 种方法分割正方形。

"真厉害!你现在越来越能创新了嘛!但是这还不够,再想些别的不一样的方法!"

小都潭静静地想着想着,当他看向窗外,看到邻居家窗户的形状时,突然感觉脑袋里灵光一闪。

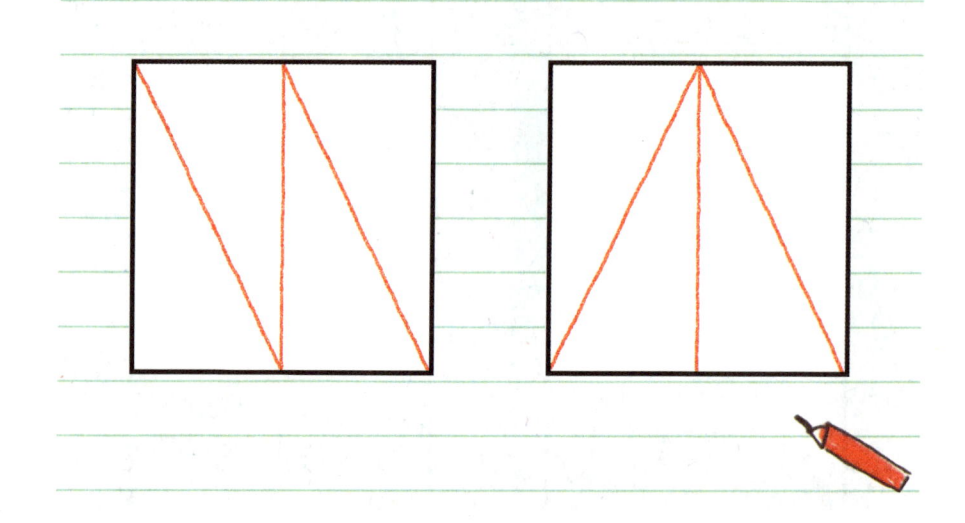

"非常好!这就是创新能力!没想到你创新能力不错嘛!说不定比我还厉害呢。哎哟,真是让人紧张的小家伙呢! 20年后你就是智能手机研发天才啊!你能做到吧?有没有信心比我强?"

小都潭一下就有了自信,他觉得自己可以解决所有难题了。

"人的想法好奇怪,眼睛看不到,手也摸不到,不知道它到底藏在了身体的哪个地方，但是人是真的有想法的，所有人都有想法。"

"没错，就像我们都下意识地呼吸一样，每个人都在下意识地产生想法。在我们呼呼睡大觉的时候，想法却没有睡，它还醒着。世界上每个人都会思考，只是每个人思考的方式不一样。你也要培养思考能力，培养灵活思维没有那么难，只是需要投入时间罢了。只要比现在更努力一点点，更勤奋一点点，更耐心一点点就好。不要每天只想着玩游戏，别天天无所事事浪费时间，也不要不读书，光靠抄故事梗概写读后感，也别快考试了才临时抱佛脚。培养自己的耐心和好奇心，要不停地提出疑问，积极地去解决疑问，想出跟别人不一样的解决方法。"

"李宗昊博士也是这么说的！他一边放牛一边说的！"

"看来李宗昊博士和我看法一样嘛，果然天才们的想法都很相似。小都潭，你也要好好努力，争取像我们一样，变成智能手机界的传说呀！"

说完，史蒂夫·乔布斯慢慢地回到了智能手机里。

现在，好像压在心里的石消失了，小都潭一点儿也不郁闷了。

"难道是史蒂夫·乔布斯叔叔在我心里撒了魔法药粉吗?"

小都潭心里豁然开朗,好像要生出翅膀飞到天上去了。

看着心情愉快的小都潭,啊博士露出了欣慰的笑容,随后,他也回到了智能手机里。

第二天晚上,妈妈打开了小都潭的房门。

"小都潭,你在干什么?"

只见小都潭在地板上铺了一张大大的纸,他正在那纸上写着、画着,表情非常认真。

"在写作业吗?"爸爸也伸长脖子把头探进来问道。

"不是作业,我在画设计图呢!"小都潭回答。

"什么设计图?是想建一个新房子吗?"

"不是。"

"是机器人设计图吗?是不是在画上次我们在电影里看到的那个变形金刚?"

"不是,你们说的都是小孩子画的东西。我画的是'梦想设计图'。"

"梦想设计图?"

"哇，真不错！我们家宝贝要变成史蒂夫·乔布斯那样的天才啦！"

妈妈和爸爸你一句我一句地夸着，夸得小都潭心里笑开了花。

"啊，这就是拥有梦想的感觉呀！有了梦想，就有了勇气，相信自己能克服所有困难。梦想让我觉得自己变成了一个很厉害很厉害的人！"

小都潭摸了摸头上的四次元智能手机。现在，对于小都潭而言，手机已经不再是浪费时间的游戏机了，它是展示未来的数字化顾问。

成为工程师之

1 不要忘记梦想。

2 相信梦想可以变成现实，将不可能变成可能。

3 定好目标，读100本书。

4 以科学家为榜样。

5 培养史蒂夫·乔布斯那样的创新能力。

梦想设计图 >

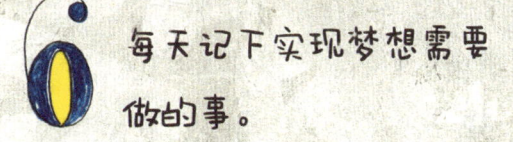

6 每天记下实现梦想需要做的事。

7 想象自己未来成功的样子。

8 给未来的自己写一封信。

9 找到和工程师有关的图片，贴在墙上。

10 给实现梦想定一个时间。

不再嘲笑啊博士长得像大饼！

安卓手机和苹果手机有什么不同?

1. **苹果手机——受到全世界的青睐**

　　苹果手机的创始人史蒂夫·乔布斯曾经说过这样的话:"最初的手机没有其他用处,只能用来打电话,使用非常不便。我想制造出所有人都喜欢的手机,把操作系统装进手机,就像电脑那样。当时有很多人都说这不可能,但是我还是做了决定,决定试一试!最后,我们成功了。"

史蒂夫·乔布斯的大胆挑战创造出了全世界都喜爱的苹果手机。

在了解苹果手机之前，首先要了解 iPod。iPod 是苹果公司在 2001 年研发出的 MP3 音乐播放器。iPod 可以储存很多音乐，使用方便，用"iTunes Store"管理音乐风靡全球。后来，苹果公司在 iPod 上安装了手机功能，从而研发出了苹果手机。

2. 安卓手机向苹果手机发出挑战

苹果手机只能由苹果公司制造，但安卓手机不同，三星、LG、泛泰、摩托罗拉等公司都能制造安卓手机。所以安卓手机的种类也更多。韩国的大部分智能手机都是安卓手机。那么，为什么这么多公司都能制造安卓手机呢？

安卓手机是几个公司一起协力研发出来的，就是为了和苹果手机抗衡。要想制造智能手机，首先要制造智能手机的核心——运行系统。全球最大搜索引擎公司谷歌研发出了一款运行系统，给予了摩托罗拉、三星等手机制造公司以技术支持，安卓系统就是这样诞生的。

iOS 运行系统只能用于苹果公司制造的电子产品上，而谷歌的安卓系统允许所有制造

▲ 谷歌安卓系统的标志

企业自由使用。安卓运行系统不仅能安装在智能手机上,还能安装在笔记本电脑、台式电脑上。

◀世界上的第一部安卓手机

哇!

3. 智能手机的新形式

谷歌已经推出了智能眼镜。你是不是想说"眼镜有什么了不起的"？这款智能眼镜具有和智能手机一样的功能，是能够取代智能手机的眼镜，也叫"终结者"眼镜。在未来，人们可以不再把手机拿在手上，而是戴着这种眼镜。

戴上它就可以读短信，看电影，还能打电话。再加上增强现实技术，人们可以戴着眼镜边走边查找出行路线，眼镜里会显示楼里有什么商店，商店里卖的东西是多少钱……手机能做到的它都能做到。这款眼镜在 2014 年已经上市了。

图书在版编目（CIP）数据

"会写作业"的手机 /（韩）徐志源著；（韩）金成姬绘；高思宇译. -- 北京：中信出版社，2023.6
（"小学生前沿科学奇遇记"系列）
ISBN 978-7-5217-3710-3

Ⅰ.①会… Ⅱ.①徐… ②金… ③高… Ⅲ.①长篇小说－韩国－现代 Ⅳ.① I312.645

中国版本图书馆 CIP 数据核字（2021）第 253801 号

잭 박사의 4차원 스마트폰
Text copyright © 2013 by Seo Jiweon
Illustration copyright © 2013 by Kim Seonghee
All rights reserved.
Originally published in Korea by Gimm-Young Publishers,Inc.
This Simplified Chinese edition was published by CITIC Press Corporation in 2023 by arrangement with Gimm-Young Publishers,Inc.through Arui SHIN Agency & Qiantaiyang Cultural Development (Beijing) Co., Ltd.

本书仅限中国大陆地区发行销售

"会写作业"的手机
（"小学生前沿科学奇遇记"系列）

著　　者：[韩] 徐志源
绘　　者：[韩] 金成姬
译　　者：高思宇
出版发行：中信出版集团股份有限公司
　　　　　（北京市朝阳区东三环北路27号嘉铭中心　邮编　100020）
承 印 者：宝蕾元仁浩（天津）印刷有限公司

开　　本：880mm×1230mm　1/32　　印　张：4.5　　字　数：100千字
版　　次：2023年6月第1版　　　　　印　次：2023年6月第1次印刷
京权图字：01-2021-5708
书　　号：ISBN 978-7-5217-3710-3
定　　价：19.80元

出　　品：中信儿童书店
图书策划：将将书坊　　策划编辑：张慧芳　高思宇　　责任编辑：王欢
营销编辑：杜芳　　　　封面设计：周宴冰

版权所有·侵权必究
如有印刷、装订问题，本公司负责调换。
服务热线：400-600-8099
投稿邮箱：author@citicpub.com